Voltaire

Nanine, oder das besiegte Vorurtheil

Ein Lustspiel in drey Aufzügen

Voltaire

Nanine, oder das besiegte Vorurtheil
Ein Lustspiel in drey Aufzügen

ISBN/EAN: 9783743698369

Hergestellt in Europa, USA, Kanada, Australien, Japan

Cover: Foto ©Andreas Hilbeck / pixelio.de

Weitere Bücher finden Sie auf **www.hansebooks.com**

Personen:

[De]r Graf von Olban.

[Di]e Marquisin von Olban, Mutter des Grafen.

[A]nine, ein Mädgen, so auf dem Schlosse des Grafen erzogen worden.

[Bl]äse, ein Gärtner.

[Di]e Baronessin von Orme, eine Unverwandtin des Grafen.

[Ph]ilip Hombert, ein Bauer aus der Nachbarschaft.

[G]ermon und Marin, Bediente.

Die Scene ist auf dem Schlosse des Grafen.

Vorrede.

Diese Kleinigkeit ward zu Paris im Sommer 1748 unter einer Menge von Schauspielen vorgestellt, die man alle Jahre daselbst aufführt.

Unter der noch weit grössern Menge von andern Schriften, womit wir überschwemmet werden, erschien um diese Zeit eine, die vor andern angemerkt zu werden verdient. Es ist eine sinnreiche und gründliche Abhandlung eines Mitgliedes der Akademie zu Rochelle, über die Frage, die seit einigen Jahren die Gelehrten zu theilen scheint, ob es nemlich erlaubt sey, rührende Comödien zu machen. Er scheint sehr wider diese Art von Lustspielen eingenommen zu seyn, wozu die Ranine einigermassen gehört. Er verdammt mit Recht alles, was das Ansehen eines bürgerlichen Trauerspiels hat. In der That, was würde eine tragische Verwicklung unter gemeinen Leuten vorstellen? Dadurch würde man den Cothurn entehren, man würde auf einmal den Zweck der Comödie und der Tragödie verfehlen, ein solches Werk würde eine Misgeburt seyn, die aus dem Unvermögen, ein wahres Lustspiel und ein wahres Trauerspiel zu machen, entsprungen wäre.

Vorrede.

Dieser vernünftige Schriftsteller tadelt vornehmlich die romanenhaften und gezwungenen Verwickelungen in den Stücken, worin man die Zuschauer erweichen will. Aber in welcher Art von Stücken finden romanenhafte und gezwungne Verwickelungen Statt? Sind sie nicht in jedem Werke ein wesentlicher Fehler? Er schliesst endlich mit der Anmerkung: Wenn das rührende in einem Lustspiel zuweilen bis zu den Thränen gehen könne, so komme es doch nur der Liebe zu, sie zu erregen. Er kann nicht von der Liebe reden, die in unsern guten Trauerspielen vorgestellt ist, die wüthende, die barbarische, die traurige Liebe, die von Verbrechen und von Reue begleitet wird. Er versteht die einfältige und zärtliche Liebe, die allein der Gegenstand des Lustspiels seyn kann.

Diese Betrachtung verursacht noch eine andre, die man dem Urtheil der Kenner unterwirft. Es ist diese, daß das Trauerspiel sich bey uns die Sprache des Lustspiels angemasset hat. Wenn man acht giebt, so wird man bemerken, daß die Liebe in vielen Werken, die Schrecken und Mitleiden beseelen sollte, so abgehandelt wird, wie sie in comischen Stücken sollte vorgestellt werden. Die Galanterie, die Liebes-Erklärungen, die Buhlerey, das Natürliche, das Vertraute, alles dieses findet sich nur gar zu oft bey unsern griechischen und römischen Helden und Heldinnen, wovon unsre Theater erschallen. Es ist also die einfältige und zärtliche Liebe des Lustspiels der Melpo-

Vorrede.

Molpomene nicht geraubt, sondern Melpomene hat vielmehr bey uns das Comische der Thalia geplündert.

Man sehe die ersten Tragödien an, die zur Zeit des Cardinals Richelieu so ungemeinen Beyfall fanden: die Sophonisbe des Mairet, die Mariane, die tyrannische Liebe, die Alcione. Man wird sehen, daß ihre Liebhaber eben so vertraut und bisweilen eben so niedrig sprechen, als ihre Helden schwülstig und lächerlich reden. Dies ist vielleicht die Ursache, warum wir zu der Zeit kein einziges erträgliches Lustspiel hatten, weil nehmlich das tragische Theater sich aller Rechte des comischen bemächtigt hatte. Es ist so gar wahrscheinlich, daß Moliere aus dieser Ursache seinen Liebhabern selten eine lebhafte und rührende Leidenschaft gegeben, er sahe, daß ihm die Tragödie zuvorgekommen war.

Seit der Sophonisbe des Mairet, so das erste Stück ist, worin einige Regelmäßigkeit angetroffen wird, hatte man die Liebes-Erklärungen der Helden, die gekünstelten und buhlerischen Antworten der Prinzessinnen, die galanten Gemälde der Liebe, als wesentliche Stücke des tragischen Theaters angesehen. Es sind noch einige Schriften von diesen Zeiten übrig, worin man mit grossen Lobsprüchen diese Verse anführt, die Masinissa nach der Schlacht bey Cirtha sagt:

hergesagt haben? und gehören nicht alle diese kleinen verliebten Sprüche blos für das Lustspiel?

Der grosse Mann, der die wahre Beredsamkeit in den Versen zu einem so hohen Grad gebracht hat, der die Liebe eine so rührende und edle Sprache reden lässt, hat dennoch mehr als eine Scene in seinen Trauerspielen angebracht, die, nach dem Urtheile des Boileau, eines Nachahmers des Terenz würdiger waren, als eines Nebenbuhlers und Ueberwinders des Euripides.

Man könnte mehr als dreyhundert Verse in diesem Geschmack anführen. Ich will dadurch nicht leugnen, daß die Einfalt, die bisweilen ihre Reitzungen hat, und das Natürliche, das bisweilen gar erhaben ist, zur Vorbereitung oder Verbindung und zum Uebergang zum Pathetischen nicht nothwendig seyn sollten. Aber wenn diese natürlichen und ungekünstelten Züge dem Tragischen zugehören, wie vielmehr gehören sie dem erhabnen Comischen. In diesem Punct, wo sich diese beyden Künste begegnen und berühren, lässt sich das Trauerspiel herab, und erhebt sich das Lustspiel. Nur hier vereinigen sich ihre Gränzen. Und wenn es dem Orest und der Hermione erlaubt ist, so miteinander zu reden:

Ach neide Pirrhum nicht, begehre nie sein
Glücke,
Ich hasste dich zu sehr. . . .

Dann

Vorrede.

Dann würd auf mich vielmehr dein zärtlich Lieben gehn.
Dann würdest du Orest mit holdern Blicken sehn.
Jetzt willst du, doch du kannst den Haß nicht fahren lassen.
Dann liebtest du mich gar, wenn du mich wolltest hassen ‥

Er hasst, er flieht dich ja. Sein Herz, das dich nicht liebt,
Das einer andern sich mit reger Lust ergiebt,
Hat nicht ‥ ‥

Wer sagte dir, daß Pyrrhus mich verlachet?
Und dünket dich mein Blick so sehr Verachtungs-werth?

Wenn diese Helden, sage ich, sich so vertraut ausdrücken; so wird man es dem Menschen-Feind noch viel weniger übel nehmen können, wenn er mit Heftigkeit zu seiner Geliebten sagt: Erröthen sie vielmehr; Sie haben Ursache dazu, und ich habe sichere Zeugen ihrer Verrätherey. Vergebens war meine Flame nicht so unruhig; aber bilden Sie sich nur nicht ein, daß ich, ohne mich zu rächen, unter dem Schimpf einer solchen Beleidigung erliegen werde = = = Es ist eine Verrätherey, es ist eine Untreu, für die keine Straffe zu groß ist, ja, ich kann meiner Empfindlichkeit alles erlauben; befürchten sie alles, Madam, da Sie mich so beleidiget haben

haben. Ich gehöre nicht mehr mir selbst, sondern ganz der Wuth zu. Nachdem Sie mir diesen tödlichen Streich versetzt haben, hat die Vernunft keine Herrschaft mehr über meine Sinnen.

Gewiß, wenn der ganze Menschen Feind in diesem Geschmack geschrieben wäre, so würde es kein Lustspiel mehr seyn. Wenn Orest und Hermione sich immer auf die Art ausdrückten, wie wir oben angeführt haben, so würde es kein Trauerspiel mehr seyn. Aber nachdem diese zwo Arten, die so sehr von einander unterschieden sind, sich genähert haben, treten sie wieder in ihre wahre Laufbahn. Die eine fällt wieder in den lustigen, und die andere in den erhabnen Ton.

Die Comödie kann also heftige Leidenschaften haben, sie kann eifrig und rührend seyn, wenn sie nur hernach rechtschafne Leute wieder zum Lachen bewegt. Fehlte es ihr an dem Comischen, wäre sie nichts als kläglich, so würde sie ein sehr fehlerhaftes und sehr unangenehmes Werk seyn.

Ich gestehe, es geschicht selten, daß man die Zuschauer unvermerkt von der Rührung bis zum Gelächter bringt. Aber so schwer auch dieser Uebergang in einem Lustspiele zu machen ist, so ist er doch darum den Menschen nicht weniger natürlich. Man hat schon sonst angemerkt, daß nichts gewöhnlicher ist, als daß sich bey gewissen traurigen und rührenden Begebenheiten Umstän-

Vorrede.

Umstände finden, die eine übergehende Munterkeit erregen. So ist leider das menschliche Herz beschaffen. Homer stellt ja selbst seine Götter so vor, als wenn sie über den schlechten Anstand des Vulcans zu einer Zeit lachten, da sie das Schicksal der Welt entschieden.

Hector lächelte über die Furcht seines Sohnes Astyanar, da Andromacha weinte; selbst in dem Grausen der Schlachten, der Flammen, und aller andern Unglücksfälle, die uns betreffen, siehet man oft, daß ein natürlicher und glücklicher Einfall, selbst in dem Schoosse der Verwüstung und des Mitleidens zum Lachen beweget. Man verboth einem Regiment in der Schlacht bey Spener, Quartier zu geben; ein deutscher Officier bat einen der unsrigen um das Leben, der ihm antwortete: Alles in der Welt, mein Herr, nur nicht das Leben. Dieser Einfall lief so gleich von Mund zu Mund, und man lachte mitten unter dem Metzeln. Wie viel leichter wird in einer Comödie das Gelächter auf rührende Empfindungen folgen? Wird man nicht mit der Alcmene zärtlich, und lacht man nicht mit dem Sosia? Was ist es doch für eine elende und eitle Arbeit, wider die Erfahrung zu streiten? Wenn diejenigen, die auf diese Art streiten, sich mit Gründen nicht wollen befriedigen lassen, und lieber Verse haben wollen, so führt man ihnen folgende an:

Durch

Durch Wahn beherrscht die Liebe
Die lächerliche Sphäre.
In ungereimten Geistern
Reimt sie in schlechten Versen.
Bald stürzt sie ganze Reiche.
Voll Wuth mit blutgem Dolche
Knirrscht sie in Trauerspielen,
Auch rührend, doch mehr menschlich,
Belebt sie Comödien.
Sie ächzt in Elegien,
In losen Madrigalen
Spielt sie zu Iris Füssen,
Vom Maro bis zu Gleimen (*)
Sind alle Poesien,
Wie jeder Stand des Lebens,
Der Liebe unterworfen.

(*) Im Französischen Chaulieu.

Erster Aufzug.
Erster Auftritt.
Der Graf von Olban, die Baronessin von Orme.

Die Baronessin.

Sie müssen reden, Herr Graf, Sie müssen sich meinethalben erklären. Wir sind beyde in der Liebe keine Anfänger mehr. Sie sind frey, und seit zwey Jahren ein Wittwer; so lange habe ich auch ohngefehr die Ehre, eine Wittwe zu seyn, und unser beschwerlicher und verdrießlicher Proceß, wozu wir beyde so wenig aufgelegt waren, ist mit unsern Gatten begraben.

Der Graf. Ja, alle Processe sind mir unerträglich.

Baro=

Baroneſſin. Sollte ich Ihnen nicht etwa eben ſo unerträglich ſeyn?

Graf. Wer? Sie, Madam?

Baroneſſin. Ja, ich. Seit zwey Jahren ſind wir beyde frey, wir ſind Verwandte, wir wohnen bey einander, um die Sache auszumachen. Das Geblüt, der Geſchmack, der Eigennutz, vereiniget uns.

Graf. Ach, der Eigennutz! ſagen Sie doch das nicht.

Baroneſſin. Ja, Herr Graf, ich kann nicht anders reden, ob ich es gleich mit Verdruß thue. Ich ſehe nur gar zu wohl, daß Ihr unbeſtändiges Herz mich nicht anders als eine Verwandte anſiehet.

Graf. Ich ſollte doch nicht denken, daß ich ſo flatterhaft ausſehe.

Baroneſſin. Sie ſehen aus, als wenn Sie mir ungetreu ſeyn wollten.

Graf. (beyſeite.) Ach! —

Baroneſſin. Sie wiſſen, daß der lange Streit, den Sie mit meinem Gemahl wegen meines Landguthes geführet haben, durch unſre freywillige Verbindung aufhören ſollte. Sie haben es mir verſprochen, und dennoch ſchieben Sie es auf. Ein ſolcher Aufſchub iſt eine Beleidigung.

Graf.

Graf. Ich erwarte meine Mutter.

Baronessin. Die Uberwitzige, schön!

Graf. Ich verehre und liebe sie.

Baronessin. Und ich nicht! Aber um mich auf eine so unerhörte Art zu beleidigen, haben Sie gewiß nicht nöthig, erst auf jemand zu warten, Treuloser, Undankbarer!

Graf. Woher kömmt denn dieser heftige Zorn? Wer hat Ihnen alles dieses gesagt?

Baronessin. Wer? Sie! Sie selbst, Ihr Ton, Ihr gleichgültiges Bezeigen, kurz, Ihre ganze Aufführung, die mich beleidigt, die mich ausser mich setzet. Thun Sie mir weniger Unrecht, oder vertheidigen Sie sich besser. Muß ich nicht den schimpflichen, den ausschweifenden Geschmack ansehen, dem Sie sich überlassen? Wie! für einen so niederträchtigen, so nichtswürdigen Gegenstand werden Sie ein Betrüger an mir?

Graf. Nein; ich betrüge Sie nicht, die Verstellung ist mein Character nicht. Ich liebte Sie, Sie gefielen mir, und ich hoffte in Ihnen das wieder zu finden, was mir der Himmel geraubt hat, und in dieser glücklichen Einsamkeit die Früchte einer sanften und ruhigen Verbindung zu schmecken. Aber Sie selbst vernichten Ihre Gewalt. Wie ich Ihnen gesagt habe, Amor hat zween Köcher, der eine ist mit den entflamten Pfeilen angefüllt, die die Seele besänf-

besänftigen und beruhigen, die den Geschmack läutern, unsre Empfindungen und verliebte Bemühungen lebhafter, und unser Vergnügen rührender machen; In dem andern Köcher sind nichts als grausame Pfeile, die Verdacht und Zänkereyen erregen, das Herz kaltsinnig machen, und statt der Hitze einen Eckel verursachen. Sehen Sie, Madam, dies sind die Pfeile, deren sie sich wider uns beyde bedienen; und doch wollen Sie noch, daß man Sie lieben soll.

Baronessin. Ja, ich sehe schon, ich werde Unrecht haben. Wenn Sie also ungetreu werden, so machen Sie mir diesfalls Vorwürfe; ich muß ihre schönen Predigten, Ihre Verweise und abgeschmackte Vergleichungen anhören. Wodurch habe ich mich denn Ihres Herzens verlustig gemacht? Was können Sie mir vorwerfen?

Graf. Ihre verdriesliche Gemüths-Art. Ja, Madam, zweiffeln Sie nicht daran, die Schönheit gefällt nur den Augen, aber die Sanftmuth reitzt die Seele.

Baronessin. Aber ist Ihre Gemüths-Art denn gar nicht verdrieslich?

Graf. Ja; ich bin sehr verdrieslich, sehr übel aufgeräumt, und aus dieser Ursache, Madam, will ich eine Frau haben, deren sanfte und gütige Schönheit meine Fehler übersehe, und mich mit mir selbst aussöhne, die mich in

einem

einem gelinden Ton bestraffe, die mich ohne Ty-
ranney beherrsche, und sich nach und nach in
mein Herz einschmeichle, so, wie der Tag in
zarte Augen bringt. Das Joch, das man fühlet, trägt man mit Murren, die tyrannische Liebe ist eine Gottheit, die ich verschwöre, ich will
lieben, und nicht dienen. Nur Ihr Hochmuth
kann mich erniedrigen. Ich habe Fehler; aber
der Himmel hat auch die Frauenzimmer dazu
erschaffen, daß sie die Bitterkeit unsers Herzens
versüssen, daß sie unsern Verdruß und unsern
Gram besänftigen, daß sie uns beruhigen,
daß sie uns bessern sollen. Dies ist ihre
Bestimmung; und ich für mein Theil, ziehe
ein häßliches Frauenzimmer, das dabey aber
leutselig ist, einer stolzen und widersinnischen
Schönheit vor.

Baronessin. Wohl geredet, Verräther!
Wenn Sie mich beleidigen, wenn Sie mich beschimpfen und bis aufs äusserste bringen, so
wollen Sie noch, daß ich aus einer niederträchtigen Höflichkeit die schändliche Ausschweiffung
Ihrer Liebe verzeihen soll; Ein falscher Schein
des Stolzes soll die Niederträchtigkeit Ihres
Herzens entschuldigen.

Graf. Wie Madam?

Baronessin. Ja, die junge Nanine macht
alle mein Unrecht aus; ein Kind beherrscht Sie,

B eine

eine Bediente, ein Bauer-Mädgen, das ich durch meine unvorsichtige Fürsorge aufgezogen, das Ihre gar zu gütige Mutter aus Mitleiden aus dem Schoosse des Elends gerissen. Sie erröthen?

Graf. Ich! ich wünsche ihr alles Gutes.

Baronessin. Nein, Sie lieben Sie, ich bin davon überzeugt.

Graf. Wohlan, wenn ich sie liebte, so können Sie gewiß glauben, Madam, daß ich meine Liebe öffentlich bekannt machen würde.

Baronessin. Ist es möglich, daß Sie das thun könnten?

Graf. Ganz gewiß.

Baronessin. Wie! Sie sollten sich unterstehen, unverschämter Weise allen Wohlstand Ihres Ranges aus den Augen zu setzen, Ihre Gebuhrt so zu beschimpfen, und in der Schande, worin Ihre Sinnen versunken sind, der Ehre trotzen?

Graf. Sagen Sie vielmehr, den Vorurtheilen. Man mag auch glauben, was man will, ich halte die Eitelkeit nicht für Ehre und Ruhm: Ihnen gefällt der Glanz, Sie setzen die Grösse in den Wappen; und ich will sie in den Herzen haben. Der rechtschaffene Mann, der mit Muth bescheiden ist, und die witzige und kluge Schöne, sind ohne Güter, ohne Nahmen,

ohne

ein Lustspiel.

ohne alle diese eiteln Titel, in meinen Augen die ersten Menschen.

Baronessin. Man muß doch wenigstens von gutem Adel seyn. Ich glaube gar, Sie wären im Stande, einen pöbelhaften Gelehrten, einen dunkeln ehrlichen Mann, für ein wenig Tugend eben so ehrerbietig, als einen grossen Herrn, zu empfangen.

Graf. Ich würde dem Tugendhaften den Vorrang geben.

Baronessin. Ist diese niederträchtige Ausschweiffung zu ertragen? und glauben Sie denn, daß man seinem Range gar nichts schuldig ist.

Graf. Ein rechtschaffener Mann zu seyn, das ist es, was man ihm schuldig ist.

Baronessin. Mein Geblüt würde einen erhabnern Character erfordern.

Graf. Dieser Character ist schon erhaben genug, er trotzet dem Pöbel.

Baronessin. Und Sie setzen den vornehmen Stand so herunter?

Graf. Nein, ich ehre so die Menschlichkeit.

Baronessin. Sie sind ein Thor, wie? Das Publicum, der Gebrauch —

Graf.

Graf. Der Gebrauch ist nur erfunden, um von den Weisen verachtet zu werden. In meiner Kleidung folge ich seinen beschwerlichen Befehlen, nicht in meinen Empfindungen. Man muß ein Mensch seyn, und mit kluger Seele seinen Geschmack und seine Gedanken für sich haben. Soll ich als ein Thor herum gehen, um erst von andern zu lernen, was ich suchen und fliehen, was ich loben und tadeln soll? Wie? sollen andre meinen Zustand entscheiden? Ich habe meine Vernunft, das ist meine Mode, und das ist meine Führerin; der Affe ist zum Nachahmen gebohren, und der Mensch muß nach seinem Herzen handeln.

Baronessin. Das heisst als ein freyer Mensch, als ein Weiser geredet. Gehen Sie, lieben Sie die Bauer-Mägde, edles und grosses Herz! Seyn Sie der glückliche Nebenbuhler eines Informators und eines Amtschreibers. Unterstützen Sie nur auf diese Art die Ehre Ihrer Abkunft.

Graf. Ach gerechter Himmel! was soll ich thun?

Zwey-

ein Lustspiel.

Zwenter Auftritt.

Der Graf. Die Baronessin. Bläse.

Der Graf.

Was willst du?

Bläse. Ihr Gärtner kommt, gnädiger Herr, Ew. Gnaden demüthigst zu ersuchen.

Graf. Demüthigst! wolan Bläse, was fehlt dir denn?

Bläse. Es ist — Wenn es Ihnen nur nicht misfiele, daß ich mich verheyrathen wollte. Nehmen Sie es nicht ungnädig, ich wollte —

Graf. Von Herzen gern, dieser Vorschlag gefällt mir sehr gut, ich will dir dazu behülflich seyn, ich mag es gerne haben, daß die leute heyrathen; und ist denn deine Braut ein wenig artig?

Bläse. Ach ja, bey meiner Seele! es ist ein rechter Leckerbissen.

Baronessin. Wird Bläse denn von ihr auch geliebt?

Bläse. Ja, ganz gewiß.

Graf. Und wie heißt denn dein göttliches Mädgen?

Bläse

Bläse. Ja, es ist —
Graf. Nun?
Bläse. Es ist die schöne Nanine.
Graf. Nanine?

Baronessin. Ach schön! wider eine solche Liebe habe ich nichts einzuwenden.

Graf (beyseite.) Himmel! wie demüthigt man mich? Nein, ich kann dadurch nicht erniedrigt werden.

Bläse. Diese Parthey muß meinem Herrn sehr gefallen.

Graf. Du sagst, daß sie dich liebt, Unverschämter!

Bläse. Ach! um Vergebung.

Graf. Hat sie dir gesagt, daß sie dich liebt?

Bläse. Ja — Nein, ganz und gar eben nicht, sie hat es mir nur so ein wenig zu verstehen gegeben, daß sie zärtlich gegen mich sey, sie hat mir hundertmahl mit einem so gütigen, so sanften, so vertraulichen Ton gesagt: lieber Gärtner, lieber Freund Bläse, helft mir doch zu einem Blumen-Strauß, der dem gnädigen Herrn, dem allerliebsten Herrn, gefallen könne, und darauf machte sie diesen Strauß mit einem so gerührten und so rührenden Blicke, und ihr Gesicht war so verwirrt, sie war ganz bewegt,

ganz

ein Lustspiel.

ganz tiefsinnig, mit einem gewissen Ansehen, einem Ansehen, zum Henker, daß man deutlich darin sehen konnte —

Graf. Gehe, Bläse — (vor sich.) Wie? ich sollte ihr gefallen haben!

Bläse. Aber ich bitte, ziehen Sie diese Sache nicht in die Länge.

Graf. Hm —

Bläse. Sie sollen sehen, wie dieses Erdreich unter meinen Händen gedeyhen wird: Antworten Sie mir doch, warum sagen Sie mir nichts?

Graf. Ach mein Herz ist zu voll. Ich gehe — Ich empfehle mich Ihnen, Madam.

Dritter Auftritt.

Die Baronessin. Bläse.

Die Baronessin.

Er liebt sie, bis zum rasend werden, ich darf nicht mehr daran zweiffeln. Und wie? wodurch, durch was für Reitzungen, durch was für eine glückliche Geschicklichkeit hat sie mir seine Zärtlichkeit rauben können? Nanine! O Himmel! Welche Wahl! welche Raserey! Nanine! nein, ich werde noch vor Schmerz sterben.

Bläse.

Bläse. (der wieder kömmt.) Ach Sie reden von der Nanine.

Baronessin. Verwegne!

Bläse. Ist es denn nicht wahr, daß Nanine allerliebst ist?

Baronessin. Nein.

Bläse. Ach — O gewiß — Aber legen Sie doch ein gutes Wort für mich ein, nehmen Sie sich des armen Bläse an.

Baronessin. Ach was für ein abscheulicher Streich!

Bläse. Ich habe baare Thaler, Peter Bläse, mein Vater hat mir drey gute Morgen Landes hinterlassen; alles soll sie haben, baar Geld, die Morgen Landes, all mein Haab und Gut, mein Leib und Seel, den ganzen Bläse.

Baronessin. Glaube mir, mein armes Kind, es sollte mir eben so lieb seyn, als dir, wenn ich dir helfen könnte; ich wollte euch gern diesen Abend mit einander verheyrathen, die Aussteuer wollte ich ihr geben.

Bläse. Würdige Baronessin, wie werde ich Ihre werthe Person lieben, was für ein Vergnügen! Ist es möglich?

Baronessin. Ach! ich besorge nur, mein armer Bläse, daß ich nicht glücklich darin seyn werde.

Bläse.

Bläse. Ach um des Himmels willen, gnädige Frau, seyn Sie doch glücklich darin.

Baronessin. Gehe. Wollte der Himmel, daß sie deine Frau würde. Erwarte meine Befehle.

Bläse. Ach kann ich denn auch warten?

Baronessin. Gehe.

Bläse. Ihr Diener. Bey meiner Seele, ich kriege das Mädgen noch.

Vierter Auftritt.

Die Baronessin allein.

Hat man jemals ein solches Abendtheur gesehen! Kann man empfindlicher beleidiget werden? Kann man auf eine schändlichere Art aufgeopfert werden? Der Graf von Olban, ein Nebenbuhler eines Gärtners.

(Zu einem Lackeyen.)

Holla! rufft mir die Nanine her. Ich muß mein Unglück untersuchen. Wo hat sie immer mehr die schmeichelhafte Kunst hergenommen, die Kunst, ein Herz zu verleiten und zu erhalten, die Kunst, eine lebhafte und dauerhafte Flamme zu entzünden? Wo anders, als aus ihren Augen, aus der unschuldigen Natur. Ich glaube inzwischen doch nicht, daß diese unwürdige Liebe schon ausgebrochen ist, ich sehe, daß er ihr

sehr

sehr ehrerbietig begegnet. Ach! dies verursacht mir noch einen neuen Schmerz. Ich würde noch mehr Hoffnung haben, wenn er weniger Hochachtung für sie hegte. Der Verräther bezeigt ihr alle die kleinen Bemühungen, die sich bey einer wahren Liebe finden. Ach! da ist sie, ich bin vor Verdruß ganz ausser mir. Wie ungerecht ist doch die Natur! warum hat sie diesem Mädgen so viele Schönheit gegeben? Gewiß, das ist ein Schimpf für den Adel. Kommen Sie doch näher, Mademoiselle.

Fünfter Auftritt.

Die Baronessin. Nanine.

Nanine.

Gnädige Frau.

Baronessin. Aber, ist sie denn so schön? Diese grossen schwarzen Augen sagen nicht das geringste; aber wenn sie gesagt haben, ich liebe — Ach! ich weis nichts anzufangen. Doch ich muß mich nur verstellen — Komm.

Nanine. Ich komme, meiner Schuldigkeit ein Genüge zu thun.

Baronessin. Du lässt ein wenig lange auf dich warten. Komm näher. Wie sie sich aufgeputzt hat. Was für ein Aufzug! er schickt
sich

sich gar nicht für eine solche Creatur, als du bist.

Nanine. Es ist wahr, ich schwöre Ihnen, daß ich mehr als einmahl über diesen Anzug heimlich erröthet bin; aber alles schreibt sich von Ihrer vorigen Güte her, die ich allezeit verehren werde. So vieler Fürsorge würdigten Sie mich. Sie machten sich selbst ein Vergnügen daraus, mich auszuschmücken. Bedenken Sie, gnädige Frau, wie Sie sich meiner annahmen. Ich habe mich unter dieser Kleidung nicht verändert. Können Sie wol ein demüthiges Herz erniedrigen, daß sich nicht vergessen kann?

Baronessin. Setze mir den Lehnstuhl her — Ach! ich möchte rasend werden. Wo kommst du eben her?

Nanine. Ich habe gelesen.

Baronessin. In welchem Buche?

Nanine. In einem englischen Buche, das mir geschenkt ist.

Baronessin. Wovon handelt es?

Nanine. Der Inhalt ist sehr wichtig. Der Verfasser behauptet, daß alle Menschen Brüder, und von Natur gleich sind. Aber es sind nur Chimären, ich kann diese Gleichheit nicht glauben.

Baronessin. Sie wird sie schon glauben.

ben — Welche Eitelkeit! Bring mir mein Schreibzeug her —

Nanine. Ich will es gleich hohlen.

Baronessin. Bleib hier. Gieb mir zu trinken.

Nanine. Wie?

Baronessin. Nimm meinen Fächer — Gehe, hohle mir meine Handschue — Laß seyn — Bleib hier, komm näher — Ich sage dir, nimm dich in acht, dir einzubilden, daß du artig bist!

Nanine. Sie haben mir dieß so oft gesagt, gnädige Frau, daß, wenn ich wurklich eitel wäre, und wann die Eigenliebe mein Herz verderbt hätte, ich Ihnen meine Genesung würde zu danken haben.

Baronessin. Woher hat sie alles das, was sie sagt? Wie hasse ich sie! Wie? Schön und noch dazu klug?
(Verdrießlich.)
Höre, ich habe in deiner Kindheit viel Zärtlichkeit für dich gehegt.

Nanine. Ja, möchten Sie doch meine Jugend einer gleichen Gewogenheit würdigen!

Baronessin. Wohlan, laß sehen, ob du sie verdienest. Ich will dich noch heute, diesen Augenblick versorgen; Urtheile daraus, ob ich dich liebe.

Na=

Nanine. Mich?

Baroneſſin. Ich will dich ausſteuren. Der Mann, den ich für dich beſtimme, iſt wohlgemacht, und deiner vollkommen würdig. Es iſt eine Parthey, die ſich ungemein für dich ſchickt, und die einzige, die dir jeßund zuträglich iſt, du ſollteſt mir recht ſehr dafür danken. Kurz, es iſt Bläſe, der Gärtner, an den ich dich verheyrathen will.

Nanine. Bläſe, Gnädige Frau?

Baroneſſin. Ja. Warum lächelſt du? ſtehſt du noch einen Augenblick an, meinen Vorſchlag anzunehmen? Meine Anerbietungen ſind Befehle, verſteheſt du mich? Gehorche, oder fürchte dich vor meinem Zorn.

Nanine. Aber —

Baroneſſin. Wiſſe, daß mich ein Aber beleidigt. Es kleidet dir ſehr ſchön, ſo unverſchämt zu ſeyn, und einen Mann auszuſchlagen, den ich dir anbiete! Dies einfältige Herz iſt ſehr eitel geworden, aber deine Dreuſtigkeit iſt ein wenig zu frühzeitig, dein Triumph wird nicht lange dauren. Du misbrauchſt ein ungefähres Glück von einem Tage, und du wirſt ſehen, wie es ſich verändern wird. Du Undankbare, die du meinen Zorn aufs höchſte treibſt, du haſt die Verwegenheit, zu gefallen; verſtehſt du mich? Ich will dich wieder in das Nichts verwandeln, woraus ich dich gezogen habe:

Du

Du sollst deinen Hochmuth und deine Thorheit schon beweinen. Ich will dich auf lebenslang in ein Kloster sperren.

Nanine. Ich umfasse Ihre Knie, schliessen Sie mich ein, mein Schicksal wird nur allzu angenehm seyn. Ja, von allen Gunstbezeugungen, die Sie mir erweisen wollten, ist mir diese Strenge die liebste. Schliessen Sie mich auf ewig in ein Kloster ein; Ich werde daselbst meinen Herrn segnen, und Ihre Wohlthaten preisen. Da will ich die tödliche Unruhe, die grausame Furcht, die gefährlichen Empfindungen ersticken, die für mich weit grössere Uebel sind, als dieser Ihr Zorn, der mich zittern macht. Bey diesem ausserordentlichen Zorn beschwöre ich Sie, gnädige Frau, erretten Sie mich, wenn es möglich ist, von mir selber. Ich bin bereit, diesen Augenblick zu reisen.

Baronessin. Ist es möglich? Was höre ich. Ist es denn wahr, Nanine, und willst du mich nicht betrügen?

Nanine. Nein. Erzeigen Sie mir diese göttliche Gütigkeit: mein Herz hat dieselbe nur gar zu sehr nöthig.

Baronessin (mit einer heftigen Zärtlichkeit.) Stehe auf, ich muß dich umarmen. O wie glücklich ist dieser Tag für mich! Meine liebste Freundin, ich will diesen Augenblick einen Aufenthalt für dich ausmachen. Ach was hat das Kloster-Leben für Annehmlichkeiten?

Na=

Nanine. Wenigstens ist es eine Zuflucht, wo sich Unglückliche trösten können.

Baronessin. Nein, meine Tochter, es ist ein ergötzender Aufenthalt.

Nanine. Glauben Sie das?

Baronessin. Die Welt verdienet unsern Haß, sie ist eyfersüchtig.

Nanine. Ach ja.

Baronessin. Närrisch, boshaft, eitel, betrügerisch, unbeständig, undankbar, alles dieses erregt Grausen.

Nanine. Ja, ich sehe, daß sie mir gefährlich seyn würde, und daß ich sie fliehen muß —

Baronessin. Es ist offenbar, ein gutes Kloster ist ein sicherer Hafen. Ich will Ihnen schon zuvor kommen, Herr Graf.

Nanine. Was sagen Sie von dem gnädigen Herrn?

Baronessin. Ich liebe dich ausnehmend, und ich möchte dir gleich diesen Augenblick das Vergnügen machen, dich auf ewig in ein Kloster einzuschliessen. Aber, ach, es ist zu spät, wir müssen leider bis morgen früh warten. Höre, du mußt um Mitternacht schon in meinem Zimmer seyn. Um fünf Uhr wollen wir beyde in der Stille nach deinem Kloster abreisen. Halte dich aber ja fertig.

Sech=

Sechster Auftritt.

Nanine allein.

Was für nagende Schmerzen! Welche Verwirrung! Welche Marter! Was für ein Vorhaben! Was für Empfindungen streiten in meiner Seele! Ach! den liebenswürdigsten Herrn fliehe ich, und vielleicht beleidige ich ihn durch meine Flucht. Aber wenn ich bliebe, würde mich seine ausnehmende Güte gar zu unglücklich machen, sie würde gar zu viel Unruhe in seinem Hause erregen. Die Baronessin glaubt, daß er gegen mich empfindlich ist, daß sich sein Herz bis zu mir hat erniedrigen können, ich befürchte es, und unterstehe mich nicht, es zu denken. Wie heftig zürnet sie nicht! Was? man hasset mich, und ich fürchte mich, geliebt zu werden? Aber mich, mich selbst fürchte ich am meisten. Mein verwirrtes Herz schämet sich vor sich selbst. Wie wird es mit mir werden? Aus meinem niedrigen Stande gezogen, bin ich zu meinem Unglück nur gar zu wohl unterrichtet. Es ist gefährlich, es ist vielleicht sehr schädlich, eine Seele zu haben, die über unsern Stand erhaben ist. Ich muß reisen; es wird mich das Leben kosten! Doch es ist nichts daran gelegen.

Sieben-

Siebender Auftritt.

Der Graf. Nanine. Ein Lakey.

Der Graf.

Holla, bleibt hier bey der Thür. Geschwinde Stühle her.
(Er grüsst die Nanine, die ihm ein tiefes Compliment macht.)
Setzen Sie sich.

Nanine. Wer? ich? gnädiger Herr.

Graf. Ja. Das ist mein Wille, und ich erzeige Ihnen das, was Ihre Aufführung, Ihre Schönheit, Ihre Tugend verdienet. Ist ein Diamant, den man in einer Wüste findet, weniger schön, weniger kostbar? Wie? Ihre schönen Augen scheinen mit Thränen benetzt zu seyn? Ach! ich sehe es schon. Unsere Baronessin, die auf ihre Reitzungen eifersüchtig ist, wird durch ihre bittere und zornige Begegnung diese Thränen verursacht haben.

Nanine. Nein, gnädiger Herr, die verehrungswürdige Güte der Baronessin ist mir noch nie so günstig gewesen. Und ich bekenne Ihnen, hier erweicht mich alles.

Graf. Sie entzücken mich; ich befürchtete ihren Unwillen.

Nanine. Ach! warum?

C Graf.

Graf. Junge und schöne Nanine, die Eyfersucht herrschet über alle Herzen. Die Mannspersonen sind eyfersüchtig, so bald sie sich verlieben, und das Frauenzimmer fühlet schon die Eyfersucht, ehe es noch liebet. Ein junges, schönes, angenehmes, bescheidenes, aufrichtiges Frauenzimmer kann sich auf das Misfallen ihres ganzen Geschlechts Rechnung machen. Wir Mannspersonen sind gerechter, und wir rächen sie, so viel nur möglich ist, an ihrem eyfersüchtigen Geschlechte. Aber glauben Sie vor allen, daß ich Ihnen Gerechtigkeit wiederfahren lasse. Ich liebe dies ungekünstelte Herz, ich bewundere es, wie Sie Ihre natürliche Gaben so sehr verbessert haben. Die natürliche Richtigkeit Ihres Verstandes rühret mich, und setzt mich in Erstaunen.

Nanine. Sie bewundern etwas sehr geringes. Aber wie? Ich bin täglich mit Ihnen umgegangen, ich habe Sie täglich gehört. Sie haben meine Geburt zu sehr erhoben, ich bin Ihnen zu viel schuldig, durch Sie denke ich.

Graf. Ach! glauben Sie mir, der Verstand läßt sich nicht lernen.

Nanine. Ich denke zu viel für meinen niedrigen Stand. Das Schicksal hat mir den letzten Rang bestimmt.

Graf. Und Ihre Tugenden haben Sie in den ersten gesetzt. Aber sagen Sie mir offenherzig,

herzig, was halten Sie von dem englischen Buche?

Nanine. Es hat mich gar nicht überredet, und ich bin jetzund mehr als jemahls überzeugt, daß es so edle, so grosmüthige Herzen giebt, daß alle andere Menschen dagegen nichts als Pöbel sind.

Graf. Sie sind ein Beweis davon — Ach Nanine, erlauben Sie, daß man Ihnen hier ein Schicksal, einen Rang bestimme, der Ihrer weniger unwürdig ist.

Nanine. Ach! mein Schicksal war nur gar zu erhaben, nur gar zu angenehm.

Gräf. Nein. Inskünftige sollen Sie mit zu unsrer Familie gehören. Meine Mutter wird bald ankommen und Sie als ihre Tochter ansehen; und meine Hochachtung und ihre zärtliche Freundschaft sollen Sie in einen Stand setzen, der von dem unwürdigen Zwange befreyet ist, worin ein hochmüthiges Frauenzimmer Sie gehalten hat.

Nanine. Ach sie hat mich nur an meine Pflichten erinnert — Wie schwer sind sie zu erfüllen!

Graf. Wie? was für Pflichten? Ach Sie haben keine andre Pflicht, als zu gefallen. Diese ist erfüllet, aber die unserige noch nicht. Sie müssen noch mehr Bequemlichkeit, mehr

Pracht haben. Sie sind noch nicht in Ihrem rechten Stande.

Nanine. Ich habe ihn verlassen, und dies kränkt mich eben. Es ist dies vielleicht ein Unglück, das nicht zu ersetzen ist. Ach Herr Graf, ach gnädiger Herr! verbannen Sie diese Eitelkeit aus meiner Seele. Lassen Sie mich, durch Ihre Gütigkeiten beschämt, und gerührt, auf ewig unbekannt leben. Der Himmel hat mich zu einem niedrigen Stande geschaffen, und diese Niedrigkeit hat für mich, nichts hartes. Ach vergönnen Sie mir ein eingezogenes Leben. Was sollte ich in der Welt machen, was kann sie mir noch zeigen, nachdem ich Ihre Tugenden bewundert habe?

Graf. Nein, das ist zu viel, ich kann nicht länger widerstehen. Wer? Sie? niedrig und unbekannt? Sie?

Nanine. Darf ich Sie wol um eine Gnade ersuchen?

Graf. Was verlangen Sie? Reden Sie.

Nanine. Ihre Güte hat mich seit einiger Zeit mit Geschenken überhäuft —

Graf. Ich bitte Sie um Verzeihung. Ich habe mich wie ein zärtlicher Vater gegen seine Tochter bezeigt; ich verstehe nicht die Kunst, ein Geschenk zu verschönern, ich bin gerecht, aber ich bin nicht galant. Ich muß das Unrecht des Schicksals rächen; es ist zu hart gegen Sie gewe-

gewesen. Aber die Natur hat Ihnen auch dafür alle ihre Geschenke gegeben, und der mußte ich ja nachahmen.

Nanine. Sie haben allzu viel gethan; aber ich schmeichle mir, daß ich, ohne Undankbarkeit, mit diesen kostbaren Geschenken, die von Ihren Händen einen solchen Werth erhalten, nach meinem Gefallen verfahren kann.

Graf. Sie beleidigen mich —

Achter Auftritt.

Der Graf. Nanine. Germon.

Germon.

Die Baronessin fragt nach Ihnen. Sie wartet auf Sie.

Graf. Ey so laßt sie denn warten!

(Zur Nanine.)

Wie? kann man denn nicht einen Augenblick mit Ihnen reden, ohne unterbrochen zu werden.

Nanine. Ich verlasse Sie mit Schmerzen; aber Sie wissen, ich war Ihre Bediente.

Graf. Nein, nein, das will ich niemals wissen.

Nanine. Ihr bleibt noch immer ein Ueberrest von Gewalt.

Graf.

Graf. Nein, sie behält gar keine, ich versichere Sie. Sie seufzen — Wie? Ihr Herz murret? — Was fehlet Ihnen denn?

Nanine. Ich verlasse Sie wider meinen Willen; aber ich muß. O Himmel! so ist es denn geschehen.

(Geht ab.)

Neunter Auftritt.

Der Graf allein.

Sie weinte — Diese hochmüthige und eigensinnige Frau hat sie nur gar zu lange gequälet. Und mit welchem Rechte? Nein, ein solches Unrecht kann ich nicht länger ertragen. Diese Welt ist nichts als eine Lotterie von Gütern, von Ehrenstellen und von Würden, auf die man ohne Recht Anspruch macht, und die ohne Wahl ertheilt werden — Wohlan! — Germon!

Germon. Gnädiger Herr!

Graf. Legt ihr morgen früh diese drey hundert Louisdor auf ihren Nacht-Tisch. Versäumt es nicht. Hernach hohlt die Leute herauf, sie sollen warten —

Germon. Es ist doch die Frau Baronessin, die es haben soll?

Graf. Ey nicht doch, einfältiger Tropf! Nanine soll es haben, versteht ihr mich?

Ger-

Germon. Ach um Vergebung.

Graf. Geht nur, geht nur, laßt mich allein.

(Germon geht ab.)
Gewiß, meine Zärtlichkeit ist keine Schwachheit. Es ist wahr, ich bete sie an, aber mein Herz hat sich nicht in ihre Augen allein verliebt. Ihr Character muß auch dem Weisesten gefallen, und ihre schöne Seele hat meine vorzüglichste Liebe. Aber ihr Stand — Sie ist zu sehr über ihn erhaben, und wäre er auch niedriger, so würde ich sie nur noch mehr lieben. Aber kann ich sie denn wol heyrathen? — Ja, ganz gewiß. Was kostet es mich denn, glücklich zu seyn? Soll ich mich denn fürchten, eine eitle Welt zu beleidigen? und soll ich meinem Geschmack aus Hochmuth absagen? Aber die Gewohnheit! — Ja, die ist grausam. Aber die Rechte der Natur sind doch älter. Aber wie? Ich ein Nebenbuhler des Bläse? Und warum nicht? Bläse ist ein Mensch; er liebet sie. Er hat Recht. Sie wird in einer sanften Ruhe einen Menschen glücklich und die ganze Welt neidisch machen. Sie muß den Gärtnern und Königen gefallen, und mein Glück wird meine Wahl rechtfertigen.

Ende des ersten Aufzugs.

Zweyter Aufzug.

Erster Auftritt.

Der Graf allein.

Ach, diese Nacht wird mir so lang, als ein Jahr. Wie wenig bin ich im Stande, zu schlafen! Alles schläft hier, Nanine schläft geruhig, und erfrischt ihre Reitzungen durch eine sanfte Ruhe; und ich, ich gehe auf und nieder. Ich will schreiben, und kann doch nichts schreiben. Vergebens bemühe ich mich zu lesen, meine trüben Augen sehen die Worte, ohne sie zu sehen, und mein Verstand kann sie nicht begreiffen. Eine göttliche Hand drückt jedem Worte den Nahmen Nanine ein. Holla, holla! wie schlafen denn meine Leute so lange. Germon! Marin!

Marin (hinter der Scene.) Ich komme schon.

Graf. Wie seyd ihr so faul! Kommt doch geschwinde, es ist schon Tag, es ist hohe Zeit, macht doch fort.

Marin. Ey gnädiger Herr, was für ein unruhiger Geist hat Sie so früh aufgeweckt?

Graf.

Graf. Die Liebe.

Marin. Ha, ha, die Baronessin von Orme lässt hier die Leute nicht ausschlafen. Was befehlen Sie?

Graf. Höret, mein lieber Marin, ich muß wenigstens morgen ein neues Spann von sechs Pferden, eine neue Equipage, eine geschickte und kluge Kammer-Frau, einen Kammer-Diener nebst zween wohlgemachten und jungen Lakeyen haben; aber es müssen keine liederliche Kerls seyn. Ferner muß ich Diamanten, mit Gold eingefaßte Juweelen und neue Stoffen haben. Ihr müsse sogleich nach Paris reisen, aber ja geschwind, und solltet ihr auch alle Pferde zuschanden reiten.

Marin. Da haben wirs, ich verstehe Sie schon. Die Frau Baronessin soll heute unsre Herrschaft werden. Sie heyrathen sie.

Graf. Bekümmert euch um nichts, thut, was ich befohlen habe.

Marin. Ich will mein Bestes thun.

Zweyter Auftritt.

Der Graf allein.

Wie? ich werde also das ausnehmende Vergnügen genießen, das, was ich liebe, zu ehren und zu beglücken. Die Baronessin wird vor

Wuth schreyen; So mag sie denn immerhin schreyen, so viel sie will. Die leeren Worte: Die Welt, die Baronessin, alles dieses rühret mich nicht mehr, und ich scheue jetzund Niemanden. Das hieße ein Sclave der Vorurtheile seyn. Man muß sie überwinden, sie sind unsre Feinde. Nur die sind ehrwürdig, die Vernünftige tugendhafter machen. Aber wie? — Was höre ich für ein Geräusch in meinem Hofe? Es ist eine Kutsche, ja, — Aber wer kann denn schon so früh kommen? — Vielleicht ist es meine Mutter. Germon!

Germon (der eben kommt.) Gnädiger Herr.

Graf. Geht, sehet doch, was es ist.

Germon. Es ist eine Kutsche.

Graf. Wer ist denn darinn? Wer kommt an?

Germon. Man kömmt nicht, man reiset weg.

Graf. Wer reiset denn weg?

Germon. Die Frau Baronessin.

Graf. O das will ich ihr gerne verzeihen, möchte sie doch nie wiederkommen.

Germon. Sie will die Nanine mit nehmen.

Graf. Himmel! was sagt ihr? Nanine?

Ger=

ein Luſtſpiel.

Germon. Die Bedienten ſagen es öffentlich.

Graf. Wie ſo?

Germon. Ja, ja, die Baroneſſin nimmt die Nanine mit ſich, um Sie in das nahgelegne Kloſter zu bringen.

Graf. Lauffet, ſtehet. Aber wie? was ſoll ich machen? Ich bin zu ſehr aufgebracht, als daß ich mit ihnen reden könnte. Doch, was will es ſagen, ich muß nur hingehen. Wenn ich — Aber nein, man würde meine Leidenſchaft zu ſehr ſehen. Verſperret alles, lauft, haltet ſie auf, und bringet mir die Nanine wieder, ſo lieb euch euer Leben iſt.

(Germon gehet ab.)

Ach gerechter Himmel! man will ſie entführen. Was für ein tödlicher Streich! Was habe ich denn gethan? Warum, aus welchem Eigenſinn, aus welcher undankbaren und grauſamen Ungerechtigkeit? Ach! was habe ich ihr doch gethan? Ich habe ſie verehrt, ohne ſie zu zwingen, ohne mich zu erklären, und ohne ihre furchtſame Unſchuld zu beunruhigen. Warum fliehet ſie mich? Je mehr ich darauf denke, deſto unbegreiflicher wird es mir.

Drit-

Dritter Auftritt.

Der Graf. Nanine.

Der Graf.

Sind Sie es, schöne Nanine? Wie? Sie wollen sich mir entziehen? Ach! antworten Sie doch, erklären Sie sich doch. Ohne Zweifel haben Sie sich vor den Drohungen der Baronessin gefürchtet, und die reinen Empfindungen, die mir Ihre Tugenden schon seit langer Zeit eingeflößet, werden die Baronessin mehr als jemahls aufgebracht haben. Sie würden von selbst nicht darauf gefallen seyn, mich zu verlassen, und diesem Aufenthalt seinen einzigen Glanz zu entziehen, den er von Ihren Augen erhielt. Waren Sie gestern Abend, da Sie weinten, schon mit diesem Vorhaben beschäftigt? Antworten Sie doch, warum verliessen Sie mich?

Nanine. Sie sehen mich zitternd zu Ihren Füssen.

Graf (indem er sie aufhebt.) Ach reden Sie doch, ich zittere mehr, als Sie.

Nanine. Die gnädige Frau —

Graf. Nun?

Nanine. Die gnädige Frau, die ich verehre, hat mich im geringsten nicht zum Kloster gezwungen.

Graf.

ein Lustspiel.

Graf. Wie? Sie sollten von selbsten? Was höre ich? Ach wie unglücklich bin ich!

Nanine. Ich gestehe es Ihnen: ja, ich habe sie beschworen, mein verwildertes Herz zu zähmen — Sie wollte — gnädiger Herr — mich verheyrathen.

Graf. Sie? und an wen denn?

Nanine. An Ihren Gärtner.

Graf. Eine würdige Wahl!

Nanine. Und ich, ganz beschämt und vielleicht unglücklicher, als man glaubt; ich, die ich mich vergebens wider Empfindungen sträube, die über meinen Stand sind; ich, die Ihre Güte zu sehr erhaben hatte, wollte mich derselben zur Straffe berauben.

Graf. Sie? Sie wollten sich bestrafen, Nanine? und warum denn?

Nanine. Daß ich mich unterstanden, Ihre Anverwandte und meine vorige Herrschaft wider mich aufzubringen. Ich mißfalle ihr, mein blosser Anblick beleidiget sie. Sie hat recht, und ich habe ihr leider eine Beleidigung zugefüget, die nie aufhören wird. Ich habe diese Beleidigung befürchtet, sie ist vielleicht ausnehmend. Ich wollte mich mir selber entreissen, und in einer strengen Lebensart dies zu hochmüthige Herz, dies Herz, das auf Ihre Güte zu stolz ist, bändigen, und es wegen eines Vergehens,

gehens; so es wider seinen Willen begangen hat, bestraffen. Aber mein gröster Schmerz bey diesen Umständen, da ich alles verlohr, da ich mich verbergen, da ich Sie fliehen wollte, war dieser, daß ich Sie beleidigte.

Graf (der sich wegwendet und auf und nieder gehet.) Was für Empfindungen, was für eine edle Seele! Liebt sie mich? Hat sie sich gefürchtet, mich zu lieben? O Tugend!

Nanine. Ich bitte Sie tausendmahl um Vergebung, wenn ich mir Ihr Misfallen zugezogen habe. Aber erlauben Sie mir, daß ich meinen unruhigen Schmerz in eine tiefe Einsamkeit begrabe, und mich auf ewig in geheim mit meinen Pflichten und mit Ihren Wohlthaten unterhalte.

Graf. Reden Sie nicht mehr davon. Hören Sie, die Baronessin ist Ihre Gönnerin, sie giebt Ihnen auf eine edelmüthige Art einen Bedienten, einen Bauern zum Manne. Ich weis einen Mann, der Ihrer weniger unwürdig ist, er ist von weit höherm Rang, als Bläse. Er ist jung, redlich, in sehr guten Umständen, und ich stehe Ihnen dafür, daß er eine gute Art zu denken hat. Sein Character ist sehr von den Sitten der heutigen Welt unterschieden, und ich müßte mich sehr irren, wofern Sie nicht durch diese Heyrath vollkommen glücklich würden. Schmeichelt diese Parthey

Ihrem

ein Lustspiel. 47

Ihrem Herzen? Sollte sie nicht besser als das Kloster seyn?

Nanine. Nein, gnädiger Herr, ich muß Ihnen gestehen, diese neue Wohlthat, der Sie mich würdigen wollen, ist keine Wohlthat für mich. Sie kennen mein dankbares Herz; o lesen Sie in demselben, und sehen Sie, was es empfindet. Sehen Sie die wahre Ursache, die mich zur Einsamkeit treibt. Ein Gärtner und ein Monarch würden mir als Ehemänner beyde gleich mißfällig seyn.

Graf. Dieß entscheidet mein Schicksal. Wohlan, Nanine, lernen Sie denjenigen kennen, den man für Sie bestimmet: Sie schätzen ihn hoch, er liebt Sie, er betet Sie an, und dieser Gemahl — bin ich. Sie ist ganz erstaunt und verwirrt. Ach, reden Sie doch, entdecken Sie mir mein Schicksal, entscheiden Sie mein Leben, beruhigen Sie sich doch.

Nanine. Was habe ich gehört!

Graf. Das, was Sie verdienen.

Nanine. Wie? Sie lieben mich — Ach glauben Sie ja nicht, daß ich mich jemals eines solchen Sieges bedienen werde. Nein, gnädiger Herr, nein, ich werde es nimmer zugeben, daß Sie sich so weit erniedrigen. Eine solche Ehe hat gar zu betrübte Folgen. Der Geschmack vergehet, und die Reue bleibt beständig. Zu Ihren Füssen beschwöre ich Sie bey

Ihre

Ihren Ahnen, erniedrigen Sie sich nicht so tief, Ihre Augen auf mich zu werfen. Sie haben mit meiner Kindheit Mitleiden gehabt. Dieß Herz, das Sie gebildet haben, ist Ihr Werk. Es würde Ihrer Wohlthaten inskünftige unwürdig seyn, wenn es die Grösse Ihrer Wohlthaten annähme. Ja, ich bin Ihnen eine abschlägige Antwort schuldig, ja, ich muß mich aufopfern.

Graf. Nein, Sie sollen meine Gemahlinn werden. Wie? noch eben versicherten Sie mich, daß Sie einen jeden andern Mann, und wenn er auch ein Prinz wäre, ausschlagen wollten.

Nanine. Ja, das würde ich auch noch thun, und diese abschlägige Antwort würde mir nicht schwer werden.

Graf. Aber hassen Sie mich denn?

Nanine. Würde ich geflohen seyn, würde ich mich so sehr gefürchtet haben, wenn ich Sie gehasset hätte?

Graf. Ach dieses einzige Wort entscheidet mein Schicksal.

Nanine. Und was verlangen Sie?

Graf. Sie zu heyrathen.

Nanine. Bedenken Sie —

Graf. Ich denke auf alles.

Na=

ein Lustspiel.

Nanine. Aber besorgen Sie —
Graf. Ich habe alles besorgt.
Nanine. Wenn Sie mich lieben, so glauben Sie —
Graf. Ich glaube mich glücklich zu machen.
Nanine. Sie vergessen —
Graf. Ich vergesse nichts, alles soll fertig und bereit seyn.
Nanine. Wie? Ihre halßstarrige Liebe bestehet wider meinen Willen —
Graf. Ja, wider Ihren Willen wird meine ungeduldige Liebe alles zu dieser schönen Stunde bereiten. Ich verlasse Ihre Reizungen einen Augenblick, damit meine Augen sie ewig sehen mögen. Leben Sie so lange wohl, reizende Nanine.

Vierter Auftritt.

Nanine allein.

Himmel! ist es ein Traum? und kann ich es glauben, daß ich den höchsten Gipfel des Glücks erreichen werde? Nein, es ist nicht die Ehre, so groß sie auch ist, die mir gefällt, die mich reizet. Meinen Augen entwischt so viele Grösse. Aber

D die

diesen grosmüthigen Sterblichen zu heyrathen,
Ihn, den Gegenstand meiner furchtsamen
Wünsche, ihn, den ich mich gefürchtet hatte zu
lieben; den ich liebe, der mich über mich selbst
erhebt — Ich liebe ihn zu sehr, als daß ich
ihn erniedrigen könnte. Ich sollte — Doch nein,
ich kann ihn nicht mehr fliehen, nein, mein
Zustand ist unbegreiflich. Ich ihn heyrathen?
Was soll ich hierbey anfangen? Vielleicht giebt
mir der Himmel ein, was ich thun soll. Er schickt
mir einen Beystand in meiner Schwachheit.
Vielleicht gar — Doch, ich muß schreiben.
Ich muß — Aber womit soll ich anfangen?
Was soll ich sagen? Wie sehr bin ich ausser mir!
Doch ich muß nur geschwinde schreiben, ehe ich
mich wozu anheischig mache.

(Sie fängt an zu schreiben.)

Fünfter Auftitt.

Nanine. Bläse.

Bläse.

Ach da ist sie. Die Frau Baronessin hat doch
meinethalben mit ihr geredet, mein Schatz.
O wehe, sie schreibt fort, ohne mich einmahl
anzusehen.

Nanine.

ein Lustspiel.

Nanine (die noch immer schreibt) Guten Tag, Bläse.

Bläse. Wahrhaftig, das ist doch auch ein sehr trocknes Compliment.

Nanine (die schreibt.) Meine Verlegenheit nimmt bey jedem Worte zu, mein Brief wird eben so verwirrt werden, als ich bin.

Bläse. Der grosse Geist! Sie schreibt so geschwind, als die Feder nur lauffen kann. Was hat sie Verstand! Und warum habe ich auch nicht so viel? Nun wohlan, ich sagte —

Nanine. Nun, was denn?

Bläse. Sie legt mir durch ihren Anstand ordentlich eine Art von Ehrerbietung auf. Ich unterstehe mich nicht, mich vor ihr zu erklären — wie ich so wol wollte. Indessen bin ich doch blos deßwegen hergekommen.

Nanine. Mein lieber Bläse, er muß mir eine grosse Gefälligkeit thun.

Bläse. O wohl zwey.

Nanine. Ich laß ihm die Gerechtigkeit wiederfahren, daß ich mich seiner Klugheit und seinem guten Herzen anvertraue.

Bläse. O sage Sie ohne Umstände. Denn sehe Sie, Bläse ist ganz zu Ihren Diensten. Geschwinde, nur keine Geheimnisse.

Nanine. Er gehet doch oft nach dem nächsten Dorfe Remival.

Bläse. Ja.

Nanine. Könnte er wol in diesem Dorfe den Philip Hombert finden?

Bläse. Nein, was ist das für ein Gesicht? Philip Hombert? den kenne ich gar nicht.

Nanine. Ich glaube, daß er gestern Abend angekommen ist. Erkundige er sich doch einmal darnach, und gebe er ihm diesen Brief mit dem Gelde, aber ja bald.

Bläse. Ha, ha, Geld.

Nanine. Gebe er ihm auch dieß Packet, und nehm er nur ein Pferd, um desto geschwinder fortzukommen. Er kann sich auf meine Erkenntlichkeit verlassen.

Bläse. Ihrenthalben gieng ich ganz Frankreich durch. Der Philip Hombert ist doch ein Glücks-Kind. Der Beutel ist ganz voll. Ach wie viel baar Geld! Ist es etwa eine Schuld?

Nanine. Es ist eine sehr bringende und wichtige Schuld. Aber noch ein Wort, Bläse. Hombert ist vielleicht unbekannt, und vielleicht ist er noch nicht zurück gekommen. Er bringt mir alsdenn den Brief wieder, mein lieber Freund, wenn er ihn nicht selbst sprechen könnte.

Bläse.

ein Lustspiel.　53

Bläse. Mein lieber Freund!

Nanine. Ich verlasse mich auf seine Treue.

Bläse. Ihr lieber Freund!

Nanine. Gehe er, ich erwarte alles von ihm.

Sechster Auftritt.

Bläse. Die Baronessin.

Bläse.

Wo Teufel kömmt das Geld her? Was ist das für eine Bothschaft? Das hätte uns ja in unsrer Wirthschaft noch helfen können. Doch nur fort, Sie hat Freundschaft für mich, und das ist doch zum Henker, besser, als das Geld. Fort, ich muß lauffen.

(Er steckt das Geld und das Packet in die Tasche, trifft die Baronessin an, und stößt sie.)

Baronessin. Ey per Tölpel! — Halt! Der Flegel hätte mir bald den Kopf zerstoßen.

Bläse. Um Vergebung, gnädige Frau.

Baronessin. Wo willst du hin? Was hast du da? Was macht Nanine? Hast du nichts gehört? Ist der Graf sehr zornig? Was ist das für ein Brief?

D 3　　　　　Bläse.

Bláſe. Ey, ey, das iſt ein Geheimniß.

Baroneſſin. Laß ſehen.

Bláſe. Nanine würde ſchmálen.

Baroneſſin. Was ſagſt du? Nanine! Sie ſollte das geſchrieben haben, und dich zum Boten brauchen? Gieb her, oder ich vernichte deine Heyrath alſobald. Gieb her, ſag ich dir.

Bláſe (der lacht.) Ha, ha.

Baroneſſin. Worüber lachſt du?

Bláſe (der noch immer lacht.) Ha, ha.

Baroneſſin. Ich will doch den Inhalt wiſſen.

(Sie erbricht den Brief.)

Es geht mich an, oder ich müßte mich ſehr irren.

Bláſe (der noch immer lacht.) Ha, ha, ha. Sie iſt doch recht bezogen. Sie hat nichts, als ein Blatt Papier; und ich, ich habe das Geld, und will den Philip Hombert ſogleich damit bezahlen. Man muß ſeiner Geliebten dienen. Ich muß nur eilen.

Siebender Auftritt.

die Baroneſſin allein.

Ich muß doch den Brief leſen. Meine Freude und meine Zärtlichkeit iſt eben

ein Lustspiel.

„ eben so groß und unbeschreiblich, als mein
„ Glück. Ihr kommt an, welch ein Augen-
„ blick für mein Herz? Wie? Ich soll euch noch
„ nicht sehen, ich soll euch noch nicht hören,
„ und mich in eure Arme werfen? Ich be-
„ schwöre euch wenigstens, diese beyde Packe-
„ te zurückzunehmen. Seyd so gut und rechnet sie
„ doch. Wisset, daß man mir ein beträcht-
„ liches Stück anbietet, dadurch ich mich
„ gemächlich könnte verkleiden lassen; aber ich
„ opfere alles dem einzigen Sterblichen auf,
„ dem mein Herz leben muß. „

Ha, ha, das ist die Schreibart der Nanine, so
schreibt diese unschuldige Waise! Wie sie ihre
Leidenschaft reden läßt! In Wahrheit, dieser
Brief ist recht artig! Gut, alles ist vollkommen.
Ich bin vor Freuden ausser mir. Ey, ey, listiges
so hast du den Blödesten betrogen. Du hast mir
meinen Liebhaber abspänstig gemacht, du hast
dich gestellt, als wenn du in das Kloster gehen
wolltest, und alles Geld, was dir der Graf giebt,
ist für den Philip Hombert. Schon gut,
Spitzbubin, ich bin entzückt darüber, und die
treueste Liebe des Grafen von Olban verdient
diesen Streich. Ich habe es immer gedacht,
daß das Herz der Nanine noch niedriger als ihre Herkunft seyn müßte.

D 4 Achter

Achter Auftritt.

Der Graf. Die Baronessin.

Die Baronessin. Kommen Sie, kommen Sie, mein edelgesinnter Herr, Sie, die Sie über die Vorurtheile der Welt erhaben sind, Sie, weiser Liebhaber, Sie, empfindlicher Philosoph, Sie sollen einen lächerlichen Streich sehen. Sie kennen doch ohne Zweiffel den Herrn Philip Homhert zu Rennival, Ihren Nebenbuhler.

Graf. Ach was halten Sie mir für Reden?

Baronessin. Sie werden ihn vielleicht aus diesem Briefe kennen lernen. Der Philip Homhert muß, wie ich glaube, ein hübscher Jüngling seyn.

Graf. Alle Ihre Bemühungen sind vergebens. Ich habe meine Entschliessung einmal gefaßt, und darin bin ich unbeweglich. Lassen Sie es bey dem abscheulichen Streiche bewenden, den Sie mir diesen Morgen spielen wollten.

Baronessin. Dieser neue Streich ist noch ein wenig boshafter. Da, lesen Sie. Es wird Ihnen gefallen. Sie werden die Sitten
und

und den Character Ihrer würdigen Beherr-
scherin kennen lernen.

(Unterdessen, daß der Graf liest.)
Er scheint mir beym Durchlesen ganz verwirrt
zu seyn, er wird bleich, dieser Streich erregt
seine Galle — Nun Herr Graf, was deucht
Sie bey dem Styl? Er hört und sieht nicht.
Ach der feine Mann! er verdient es wohl.

Graf. Habe ich recht gelesen? Ich bin
ganz dumm. O verdammter Streich, undank-
bares Geschlecht, treuloses Herz!

Baronessin. Ich kenne ihn wohl, er ist
von Natur hitzig, er wird den Augenblick seinen Entschluß fassen.

Neunter Auftritt.

Der Graf. Die Baronessin. Germon.

Germon.

Eben kommt die Frau von Olban durch die
Allee gefahren.

Baronessin. Ist die Alte wieder gekommen?

Germon. Hören Sie nicht, gnädiger
Herr, Ihre Frau Mutter ist schon nahe beym
Schlosse?

D 5 Baro-

Baroneſſin. Er iſt vor Zorn taub geworden, der Brief wirket ſchon.

Germon (ſchreyend.) Gnädiger Herr.

Graf. Was?

Germon (laut). Ihre Frau Mutter,
gnädiger Herr.

Graf. Was macht Nanine jetzund?

Germon. Sie — Sie ſchreibt in ihrem
Zimmer.

Graf (mit einer kaltſinnigen Mienen.)
Gehet, nehmt ihre Papiere weg, und bringt ſie
mir. Schickt ſie mit ſo gleich fort.

Germon. Wen? gnädiger Herr.

Graf. Die Nanine.

Germon. Nein, das kan ich nicht über
das Herz bringen. Wenn Sie wuſten, wie
viel wir alle von ihr halten; Sie iſt gar zu edel-
müthig und zu gut.

Graf. Thut, was ich euch befehle, oder
ich jage euch weg.

Germon. So muß ich wol gehen.

(Er geht ab)

Zehen-

ein Lustspiel.

Zehenter Auftritt.

Der Graf. Die Baronessin.

Die Baronessin.

Ach! jetzund bekomme ich wieder Luft. Jetzund werden Sie wieder vernünftig. Nun sehen Sie einmal, ist es nicht wahr, daß man noch immer etwas von seinem ersten Stande behält, und daß Personen von einem gewissen Range auch nothwendig ein edles Herz haben müssen. Das Geblüt thut alles, und die Geburt giebt eine Art zu denken, die der Ranine ganz unbekannt ist.

Graf. Das glaube ich gar nicht. Aber es sey. Wir wollen nicht mehr davon reden. Ich will alles wieder ersetzen. Auch der Weiseste hat in seinem Leben einigemal einen Anstoß von Thorheit. Wir irren alle, und der ist der klügste, der seinen Fehler am ersten bereuet.

Baronessin. Ja.

Graf. Reden Sie niemals mehr von ihr.

Baronessin. Von Herzen gern.

Graf. Lassen Sie uns den Gegenstand unsers Zorns auf ewig vergessen.

Baronessin. Aber erinnern Sie sich auch Ihrer Schwüre?

Graf.

Graf. Schon gut, ich verstehe Sie, ich will sie halten.

Baronessin. Nichts als eine schleunige Wiederkehr kann die Beleidigung gut machen, die Sie mir zugefüget haben. Sie beschimpfen mich, wenn Sie unsre Heyrath noch länger aussetzen.

Graf. Ich will diesen Schimpf ersetzen. Es wird aber erfordert —

Baronessin. Es wird weiter nichts erfordert, als ein Notarius.

Graf. Sie wissen wohl — daß ich meine Mutter erwarte.

Baronessin. Die ist da.

Eilfter Auftritt.

Die Marquisin. Der Graf. Die Baronessin.

Der Graf. (Zu seiner Mutter.)

Madam, ich hätte sollen
 (vor sich) Philip Hombert? —
(zu seiner Mutter.) Sie sind mir zuvor gekommen, und meine Ehrfurcht, mein Eyfer, meine Zärtlichkeit —

(vor

(vor sich.) Mit der unschuldigen Miene, die Verrätherin!

Marquisin. Aber mein lieber Sohn, ihr schweifft ja ganz aus. Man hat mir bey meiner Durchreise durch Paris gesagt, daß ihr nicht recht im Kopfe seyd. Ich sehe es, daß man mich nicht betrogen hat. Aber habt ihr —

Graf. Himmel, wie verwirrt bin ich!

Marquisin. Habt ihr diesen Zufall oft?

Graf. Ich werde ihn ins künftige nicht mehr haben.

Marquisin. Ich möchte gern mit euch ein Wort allein reden. (indem sie der Baronessin ein kleines Compliment macht) Ihre Dienerin, Madam.

Baronessin (vor sich.) Der alte Affe. Madam, ich will sie nicht daran verhindern, mit dem Herrn Grafen allein zu reden. Ich gehe.

Sie gehet ab.)

Zwölf

Zwölfter Auftritt.

Die Marquisin. Der Graf.

Die Marquisin.
(geschwind, mit dem Ton einer alten Plaudertasche.)

Nun wohlan, Herr Graf, ihr habt euch endlich entschlossen, mir die Baronessin zur Schwiegertochter zu geben. Ich habe deswegen mit meiner Ankunft so geeilet. Eure Baronessin ist zanksüchtig, unverschämt, hochmüthig, halsstarrig, die niemals die geringste Achtung für mich gehabt. Noch vor einem Jahr schalt sie mich bey der Marquisin Agard an öffentlicher Tafel für schwatzhaft. Gott soll mich schon bewahren, daß ich jemals wieder da esse. Ich sollte schwatzhaft seyn? Ich weis aber auch, unter uns geredet, daß sie nicht so reich ist. Das ist ein Hauptpunct, und man muß sich darnach erkundigen. Denn man hat mir gesagt, daß ihr Schloß Orme ihrem Gemahl nur zur Hälfte zugehört hat, und daß ein alter Proceß, der noch nicht vergessen ist, ihm die Hälfte von dem Gute streitig macht. Das hat mir euer seliger Grosvater noch gesagt, er pflegte die Wahrheit zu sagen, das war mir noch ein Mann. Man sieht jetzund von seinem Schlage keine mehr. Paris ist ganz von den kleinen Kerl-

gens

gens angefüllt, die eitel, trotzig, närrisch und
dumm sind; Sie haben mich durch ihr unauf-
hörliches Gewäsche fast getödtet. Von allen
Dingen reden sie mit der grösten Heftigkeit,
und beständig spotten sie über die vergangnen
Zeiten. Man hört von nichts reden, als von
neuen Arten zu kochen, von einem neuen Geschmack; man frißt sich auf, man bringt alles
durch. Die Weiber sind zügellos, und die
Männer sind rechte Schlafmützen. Alles wird
von Tag zu Tage schlimmer.

Graf (indem er den Brief wieder über-
liest.) Wer hätte das glauben sollen? Dieser
Streich bringt mich zur Verzweiflung. Nun,
Germon!

Dreyzehnter Auftritt.

Die Marquisin. Der Graf. Germon.

Germon.

Ihr Notarius ist da, gnädiger Herr.

Graf. Ey! laßt ihn warten.

Germon. Hier sind auch die Papiere, die
ich Ihnen von der Nanine bringen sollte.

Graf (indem er liest.) Gebt her — schön.
Sie liebt mich, sagt sie, und schlägt mein Uner-
bieten aus Ehrfurcht ab. — Ungetreue! du
sagst

sagst nicht die wahre Ursache dieser abschlägigen Antwort!

Marquisin. Bey meiner Treu, mein Sohn ist verrückt im Kopfe. Ach das macht die Baronessin, die Liebe beherrscht ihn.

Graf (zu Germon.) Hat man mich denn noch nicht bald von der Nanine befreyt?

Germon. Ach! gnädiger Herr, sie hat schon ganz bescheiden ihre Bauer-Kleider wieder angelegt, ohne sich im geringsten zu beklagen, oder zu murren.

Graf. Das glaube ich wohl.

Germon. Sie hat diese Beleidigung ganz gelassen aufgenommen, da wir andern alle weinten.

Graf. Ganz gelassen?

Marquisin. Ey, von wem redet ihr?

Germon. Ach leider von der Nanine, gnädige Frau, die man weggejagt hat. Das ganze Schloß beweinet ihren Unfall.

Marquisin. Ihr jagt sie weg; davon verstehe ich nicht ein Wort. Was? meine Nanine? Geschwinde rufft sie mir wieder zurück. Was hat denn mein allerliebstes Waisgen gethan? Ich, mein Sohn, habe euch die Nanine gegeben. Ich erinnere mich noch, daß sie in ihrem eilften Jahre die Freude und das Vergnügen des ganzen Hauses war. Unsere Baronessin nahm sie zu sich. Ich sagte es vorher, daß

si-

sie schlecht bey ihr würde aufgehoben seyn, und ich habe ganz recht prophezeyht. Aber ich habe immer nur sehr wenig bey euch gegolten. Ihr wollt alles nach eurem Kopfe thun. Es ist ein schlechter Streich von euch, daß ihr die Nanine wegjagt.

Graf. Was! ganz allein, zu Fuß, ohne Hülfe, ohne Geld!

Germon. Ach, ich habe vergessen, zu sagen, daß sich eben ein alter Mann bey Ihren Leuten gemeldet hat; Er sagt, daß er wegen einer wichtigen Sache komme, wovon er mit niemanden, als mit Ihnen, reden könne. Er will sich, wie er sagt, zu Ihren Füssen werfen.

Graf. Bin ich denn bey meinem jetzigen Verdruß im Stande, jemand vor mich zu lassen?

Marquisin. Ach ja, ihr seyd verdrieslich, ich glaub es wohl, und gewiß, mir macht ihr nicht weniger Verdruß. Die Nanine wegzujagen, und eine Heyrath zu thun, die mir misfällt! Nein, ihr seyd nicht klug. Gebt nur acht, kaum werden drey Monate verfliessen, so werdet ihr einander schon müde seyn. Ich sage euch eben das Schicksal vorher, das ich meinem Vetter, dem Marquis von Marmure, prophezeyht habe. Seine Frau war so bitter, als Galle; aber, unter uns, eure ist noch weit ärger. Wie sie sich heyratheten, da glaubten sie viel Liebe für einander zu hegen. Kaum waren zwey Monate vorbey, als sie sich schon von einander schieden.

Madam lebte mit einem Galan, einem Närrchen, einem Stutzerchen, einem Schwelger, einem ausschweiffenden jungen Kerl, und der Herr nahm ein freches Weibsbild zu sich, eine abgefeimte und ausgelernte Spitzbübin. Da waren nichts als köstliche Abendmahlzeiten, ein eigenes Haus für die Maitresse, Pferde, Kleider, ein Schelm von Haus-Hofmeister, da wurden neue Juwelen auf Credit genommen, da waren Notarien, verkaufte Contracte, Schulden mit abscheulichen Wucher. Kurz, der Herr und Madam spatzirten beyde zu gleicher Zeit nach zwey Jahren ins Hospital. Ich erinnere mich noch einer Historie, die noch trauriger und fast unglaublich ist. Das waren —

Graf. Frau Mutter, es ist Zeit, an die Tafel zu gehen. Kommen Sie — O Himmel! konnte ich eine solche abscheuliche Sache auch nur vermuthen?

Marquisin. Die Historie ist erschröcklich! Doch, wir wollen gehen, ich will sie bey der Tafel erzehlen. Ihr könnt viel daraus lernen, und euch alles was ich gesagt habe, bey Gelegenheit zu Nutze machen.

Ende des zweyten Aufzugs.

Dritter Aufzug.

Erster Auftritt.

Nanine in Bauer-Kleidern. Germon.

Germon.

Wir weinen alle, da wir sie weggehen sehen.

Nanine. Ich habe schon zu lange gewartet, ich muß nur gehen.

Germon. Wie so auf ewig, und in diesem Aufzuge.

Nanine. Ich bin zur Niedrigkeit gebohren.

Germon. Was für ein Wechsel! Was für ein Unterschied zwischen Morgen und Abend! Das Unglük wollte noch nichts sagen; aber so gestürzt zu werden.

Nanine. Es giebt Uebel, die noch tausendmal empfindlicher sind.

Germon. Ich muß diese gelaßne Klagen bewundern. Gewiß, meinem Herrn ist schlecht gerathen. Die Baronessin hat ohne Zweifel das Ansehen, das sie über ihn hat, gemißbraucht, und ihm diesen Streich gespielt: Der gnädige Herr würde es niemals über das Herz haben bringen können.

Nani-

Nanine. Ich bin ihm alles schuldig. Er jagt mich weg; wohlan, ich will ihm gehorchen. Seine Wohlthaten gehören ihm zu, er hat das Recht, sie mir wieder zu nehmen.

Germon. Wer Teufel hätte dieß vermuthen sollen. Was will sie denn nun in diesem Zustande anfangen?

Nanine. Ich will mich in die Einsamkeit begeben, und lange Zeit Reue tragen.

Germon. Wie werden wir unsre Baksnessin hassen!

Nanine. Mein Unglück ist groß, aber ich verzeihe es ihr.

Germon. Aber was soll ich denn unserm Herrn sagen, wenn sie weg ist?

Nanine. Sag er ihm, daß ich ihm danke, daß er mich wieder in meinen ersten Stand gesetzt hat, und daß ich stets empfindlich gegen seine Gütigkeiten seyn, und nichts vergessen werde, — nichts — als seine Grausamkeiten.

Germon. Sie durchbohrt mir das Herz, und ich möchte ihrenthalben den Augenblick dieß Haus verlassen, und ihr allenthalben nachfolgen, um mich mit ihr wo niederzulassen. Aber Monsieur Bläse ist mir zuvor gekommen. Was ist er glücklich! Er wird nun mit ihr leben. Ein jeder möchte gern an seiner Stelle seyn, und ihr folgen.

Nanine. Man hütet sich wol, mir zu folgen

ein Lustspiel. 69

gen — Ach! Germon, ich werde weggejagt— und von wem? —

Germon. Der böse Geist hat gewiß bey diesen Händeln sein Spiel gehabt. Sie müssen wir verliehren, und der gnädige Herr heyrathet.

Nanine. Er verheyrathet sich? —Ach laßt mich diesen Ort fliehen. Er war gar zu gefährlich für mich — Lebt wohl!

(Sie gehet ab.)

Germon. Der Graf muß doch ein sehr hartes Herz haben. Wie? ein solches Geschöpf weg zu jagen? Sie scheint ein ehrlich Mädchen zu seyn. Inzwischen man muß doch für nichts schwören.

Zwenter Auftritt.

Der Graf. Germon.

Der Graf.

Nun, ist Nanine endlich weg?

Germon. Ja, nun ist es geschehen.

Graf. Ich bin recht froh darüber.

Germon. Sie müssen also ein rechtes eisernes Herz haben.

Graf. Nicht wahr, Philip Hombert gab ihr beym Weggehen die Hand?

Germon. Wer? Philip Hombert? Ach die arme Nanine mußte ohne einen Begleiter

ganz

ganz ***** weggehen würde, mit wollte sie sich nicht einmal führen lassen.

Graf. Wo gehet sie denn hin?

Germon. Wohin? vermuthlich zu ihren guten Freunden.

Graf. Ohne Zweifel nach Reinival?

Germon. Ja, ich glaube, daß sie den Weg genommen hat.

Graf. Gehet, führt sie in das Kloster, wohin sie die Baronessin diesen Morgen bringen wollte. Ich will, daß man sie den Augenblick an diesen nützlichen und anständigen Ort bringt. Mit diesen hundert Louisdors wird man sie aufnehmen. Gehet — laßt euch bey Leibe nicht merken, daß es ein Geschenk von mir ist. Sagt ihr, daß meine Mutter ihr dies Geschenk macht; Ich verbiete euch, meinen Nahmen zu nennen.

Germon. Gut, ich will Ihnen gehorchen.
(Er gehet einige Schritte fort.)

Graf. Germon, ihr sagt, daß ihr sie beym Wegehen gesehen habt.

Germon. Ja.

Graf. Nicht wahr, und sie war ganz niedergeschlagen? sie weinte?

Germon. Das ließ sie wol bleiben. Kaum ließ sie eine Thräne fliessen. Sie wollte nicht weinen.

Graf. Hat sie nicht etwa durch ein Wort ihre Empfindung verrathen? Hast du bemerkt? —

Ger=

Germon. Was denn?

Graf. Kurz, hat sie nicht von mir geredet?

Germon. O ja, genug.

Graf. Schurke, so sag es mir denn, was hat sie gesagt?

Germon. Daß Sie ihr Herr wären, daß Sie tugendhaft, gütig — daß sie alles vergessen will — alles — auffer Ihre Grausamkeit.

Graf. Gehet — aber seht ja zu, daß sie nicht wieder kömmt.

(Germon gehet ab.)

Germon!

Germon. Gnädiger Herr.

Graf. Noch ein Wort. Wenn ein gewisser Hombert euch beyden nachgehen sollte, so schaff ihn dir auf eine gute Art vom Halse.

Germon. Ja, auf eine gute Art, mit Stockschlägen —. Verlassen Sie sich auf mich, ich bin getreu in meinem Dienst. Den jungen Hombert meynen Sie doch?

Graf. Ja.

Germon. Gut. Ich habe nicht die Ehre, ihn zu kennen; aber den ersten, den ich sehen werde, will ich wacker abprügeln, und hernach soll er mir seinen Nahmen sagen.

(Er gehet einen Schritt fort, und kommt wieder.)

Gelt! dieser junge Hombert ist ein Liebhaber? Ich wette, es ist ein hübscher Kerl und der Hahn im selben Dorfe. Lassen Sie mich nur machen.

Graf.

Graf. Thue mir den Augenblick, was ich dir befohlen habe.

Germon. Ich dachte es wol, daß sie einen Liebhaber haben würde; und Bläse liegt ihr vielleicht auch am Herzen — Ja, ja, man hält mehr von seines gleichen, als von seinem Herrn.

Graf. Lauf, sag ich dir.

Dritter Auftritt.

Der Graf allein.

Ach! er hat Recht, sein Ausspruch verdammet mich, und ich will mich dafür bestraffen, und die Baronessin heyrathen. Ich muß wol. Das Looß ist einmal geworfen, und ich will es ertragen, weil ich es verdient habe. Wenigstens ist doch diese Heyrath anständig. Es ist wahr, die Baronessin ist sehr eigensinnig und schlecht zum Umgange; aber man kann schon befehlen, wenn man nur will. Ein gesetzter Mann ist allezeit Herr in seinem Hause.

Vierter Auftritt.

Der Graf. Die Baronessin. Die Marquisin.

Die Marquisin.

Nun, mein Sohn, ihr heyrathet die Baronessin?

Graf. Ach ja.

Marquisin. Diesen Abend also ist sie schon eure Frau, und meine Schwieger-Tochter?

Baronessin. Wenn Sie nichts daran auszusetzen finden, so werden wir hoffentlich Ihre Einwilligung haben?

Marquisin. Ja, ja, ich muß es ja wol genehm halten; aber morgen werde ich schon wieder wegreisen.

Graf. Weg reisen? Ey, Frau Mutter, warum denn das?

Marquisin. Meine Nanine will ich mit mir nehmen; ihr jagt sie weg, und ich will sie verheyrathen. Ich will ihr auf meinem Schlosse zu Brie die Hochzeit ausrichten. Und ich gebe sie an den jungen Amemann, an den Enkel des Kammer-Procurators Johann Rossouci. Das war sein Vater, der zu Corbeil die lustige Begebenheit hatte. Ich kann dieß Kind gar nicht missen; es ist ein Edelstein, den ich einfassen will. Ich will sie verheyrathen. Lebe wohl!

Graf. Frau Mutter, zürnen Sie doch nicht auf uns. Lassen Sie die Nanine ins Kloster gehen, wie wir angeordnet haben.

Baronessin. Ja, glauben Sie mir nur, Madam, eine Familie muß sich mit dergleichen Mädchen nicht beladen.

Marquisin. Wie? Was sagen Sie?
Baronessin. Nicht viel.
Marquisin. Aber —
Baronessin. Nichts.
Marquisin. Nichts? Das ist sehr viel. Ich

Ich verstehe Sie schon. Sollte sie etwan eine zärtliche Thorheit gehabt haben? Es kann wol seyn, denn sie ist so artig. Ich verstehe mich als wenig darauf. Man versucht, man wird versucht. Das Herz ist schwach, und die Mädchens sind immer ein wenig buhlerisch. Aber das Uebel ist doch so groß nicht, als Sie es machen. Nur mit der Sprache heraus. Erzählt mir, was hat mein allerliebstes Kind gethan?

Graf. Ich, Ihnen erzählen? Die Marquisin – Ihr seht mir recht hernach aus, ob wenn euch die Nachricht übel gefallen hat, und ihr kommet....

Fünfter Auftritt.

Der Graf. Die Baronessin. Die Marquisin. Und Marin in Stiefeln.

Marin.

Endlich bin ich fertig, alles ist in Richtigkeit gebracht.

Marquisin. Was?

Baronessin. Was ist das?

Marin. Ich habe meine Bothschaft gut ausgerichtet, ich habe mit unsern Kaufleuten geredet, und morgen sollen Sie die ganze Equipage haben.

Baronessin. Was für eine Equipage?

Marin.

ein Lustspiel.

Marin. Alles, was Ihr künftiger Gemahl für Sie lesen hat. Sahs Ich ſchäke Pferde. Mit der Berline werden Sie zufrieden ſeyn, ſie iſt ſchön und prächtig, Marin hat ſie gemahlt. Die Dekhimiken ſind ſtark, und wohl ausgeſucht, und die Grösen ſind ganz neu und von auserlesendem Geſchmack — O da kömmt hat nichts gegen.

Baroneſſin (zum Grafen.) Sie haben alſo das alles angeordnet?

Graf. Ja — (vor ſich) Aber für wen?

Marin. Morgen früh wird alles in der neuen Karoſſe ankommen, und den Abend wird alles zur Hochzeit bereit ſeyn. Es lebe Paris! Da kann man für ſein Geld gleich alles haben. Bey meiner Zurückkunft habe ich den Notarius geſehen, er iſt recht begierig Ihren Ehe-Contract aufzuſetzen.

Baroneſſin. Dieſe Heyrath hat ſich auch lange genug gezögert.

Marquiſin (vor ſich) Ach! Ich wollte, daß ſie ſich noch vierzig Jahr zögern möchte.

Marin. Ich habe da dieſen Augenblick im Saale einen alten Mann ſeufzen und weinen geſehen. Er hat Sie ſchon lange ſprechen wollen.

Baroneſſin. Was das für unverſchämte Leute ſind; laßt ihn ſeiner Wege gehen: Er kommt ganz zur ungelegner Zeit.

Marquiſin. Wie ſo? Madam. Mein
Sohn,

Sohn, seyd doch nur ein wenig menschlich. Glaubt mir, es ist auch dem Grösten unanständig, arme Leute so abzuweisen. Ich habe euch hundertmal in eurer Kindheit gesagt, daß man ihnen gütig begegnen, und sie leutselig und sanftmüthig anhören müsse. Sind sie nicht eben sowol Menschen, als wir? Man weis oft nicht, wen man beleidigt, und man bereuet es, daß man so hart gewesen ist. Den Hochmüthigen gehet es niemals wohl.
(Zum Marin.) Geht, holt diesen armen Mann herein.

Marin. Ich will ihn hohlen.
(Er geht ab.)

Graf. Ich bitte Sie um Verzeihung, Frau Mutter, ich mußte Ihnen erst meine Aufwartung machen, und ich bin bereit, das Anbringen des Mannes, meiner Verwirrung ungeachtet, anzuhören.

Sechster Auftritt.

Der Graf. Die Marquisin. Die Baronessin. Der Bauer.

Die Marquisin (zum Bauer.)

Nähert euch, redet, zittert nicht.

Bauer. Ach! gnädiger Herr, haben Sie die Gnade, mich zu hören. Ich bin — Ich werfe
mich

ein Lustspiel.

mich zu Ihren Füssen, und umfasse Ihre Knie. Ich komme, um Ihnen wieder zu geben —

Graf. Stehet auf, mein Freund, ich kann es nicht leiden, daß man mit mir auf den Knien redet; so hochmüthig bin ich nicht. Ihr scheint ein braver Mann zu seyn, sucht Ihr etwa eine Bedienung in meinem Hause? Wer seyd ihr?

Marquisin. Fort, seyd nicht so blöde.

Bauer. Ach leider, ich bin der Vater der Nanine.

Graf. Ihr?

Baronessin. Eure Tochter ist ein gottloses Mensch.

Bauer. Ach, gnädiger Herr, das besorgte ich eben. Dieser Streich verwundet mein Herz. Ich konnte es wol denken, daß ein Mädchen von ihrem Stande so viel Geld nicht haben könnte. Die geringen Leute verlieren ihre Unschuld nur gar zu bald, und werden bey den grossen Herren verdorben.

Baronessin. Er hat recht. Aber er leugt, Nanine ist nicht seine Tochter, sie war eine Waise.

Bauer. Es ist nur gar zu wahr. Ich ließ sie in ihrer ersten Kindheit bey armen Verwandten. Nachdem ich ihre Mutter und mein Vermögen eingebüsst hatte, gieng ich, durch die Noth gezwungen, in Kriegs-Dienste. Und weil ich nicht wollte, daß sie in meinen schlechten Umständen für die Tochter eines Soldaten sollte gehalten werden; verboth ich ihr, mich Vater zu nennen.

Mar=

Marquisin. Und warum das? Ich für mein Theil schätze gute Soldaten sehr hoch, sie sind höchstnöthig.

Graf. Was hat denn der Soldaten-Stand schimpfliches?

Bauer. Er ist viel weniger geehrt, als ehrwürdig.

Graf. Diß Vorurtheil ist allezeit sehr verdammlich. Ich halte einen tugendhaften Soldaten, der seinem Prinzen und dem Staate mit seinem Blute dient, höher, als einen Mann mit einer wichtigen Miene, der sich durch seinen niederträchtigen Fleiß im Frieden mit dem Blute seines Vaterlandes nähret.

Marquisin. So habt ihr also viel Schlachten gesehn. Ihr müßt sie mir alle erzählen, laßt mir nur keine aus.

Bauer. Ach, bey meinen jetzigen Schmerzen glauben Sie mir blos, Ihnen zu sagen, daß man mir hundertmal verheissen hat, mich zu befördern. Aber wie kann man ohne Beystand durchbringen? Ich ward beständig unter den gemeinen Hauffen gemischt, ich ward bemerkt, und die Ehre war alle das Glück, was ich suchte.

Marquisin. Sie sind also ein Mann vom Stande?

Baronessin. Pfuy, was für ein Einfall?

Bauer (zur Baronessin.) Ach nein, Madam, aber ich bin aus einer ehrlichen Familie, und ich verdiente vielleicht eine bessere Tochter.

ein Lustspiel.

Marquisin. Was wollt ihr für eine bessere Tochter haben?

Graf. Ey, fahret fort.

Marquisin. Eine bessere Tochter, als Nanine?

Graf. Ach, um des Himmels willen vollendet.

Bauer. Ich erfuhr, daß meine Tochter hier sey, und daß sie hier gut gehalten würde. Wie glücklich schätzte ich mich, wie prieß ich den Himmel, Sie, Ihre Güte, Ihre väterliche Fürsorge. Ich bin darauf in das nächste Dorf gekommen; aber ich war voller Verwirrung, und wegen ihrer Jugend besorgt. Und ob ich gleich alles verlohren hatte, zitterte ich doch, da ich das Geld fand, das mir geschenkt worden. Ich höre aus dem, was Madam sagt, (indem er auf die Baronessin zeigt) daß ich Ursache zu zittern hatte; sie hat mich bis auf den Tod gekränkt. Ich sehe wol, daß diese hundert Louisdor und die Diamanten ein zu grosser Schatz sind, als daß sie ihn auf eine rechtmäßige Art haben sollte; Nein, sie kann dieses Geld nicht ohne Verbrechen haben. Dieser Verdacht erweckt mir Grausen, und ich werde vor Schimpf und Schmerz sterben. Ich bin sogleich gekommen, um es Ihnen wieder zuzustellen, es gehöret Ihnen zu, Sie müssen es wieder nehmen. Und wenn meine Tochter strafbar ist, ach! so straffen Sie mich, aber machen Sie nur sie nicht unglücklich.

Mar=

Marquisin. Ach mein lieber Sohn, ich bin ganz gerührt.

Baronessin. Wie? ist es ein Traum? ist es Betrügeren?

Graf. Ach! was habe ich gethan?

Bauer (er zieht seinen Beutel und das Packet hervor.) Hier, gnädiger Herr, ist es.

Graf. Ich sollte es wieder nehmen? Es ist ihr geschenkt, und sie hat es zu einem würdigen Gebrauch angewendet. An euch hat man also die Botschaft bestellt? Wer hat sie überbracht?

Bauer. Ihr Gärtner, dem sich Nanine anvertrauet hat.

Graf. Wie? Euch hat sie das Geschenk überschickt?

Bauer. Ja, ich kann es nicht leugnen.

Graf. O Schmerz! o Zärtlichkeit! wie ausnehmende Tugend von beyden Seiten! Wie heißt euer Nahme? Ich bin ganz ausser mir.

Marquisin. Ey so sagt doch euren Nahmen. Was ist daraus für ein Geheimnis zu machen?

Bauer. Ich bin Philip Hombert aus Gachne.

Graf. Ach! mein Vater!

Baro-

ein Lustspiel.

Baronessin. Was sagt er da?

Graf. Was geht mir für ein Licht auf! Ich habe ein Verbrechen begangen, ich muß es wieder gut machen. Wenn ihr wüßtet, wie sehr ich mich vergangen habe. Ich habe die ehrwürdigste Tugend beleidigt.

(Er gehet selbst zu einem von seinen Leuten.)

He, lauft!

Baronessin. Und was soll denn diese Hitze sagen?

Graf. Geschwinde eine Kutsche.

Marquisin. Ja, Madam, den Augenblick. Sie sollten sich ihrer annehmen. Lassen Sie sich das von mir sagen: Wenn man eine Ungerechtigkeit begangen, so muß man über nichts erröthen, als daß man sie nicht genug bereuet. Mein Herr Sohn hat oft Einfälle, die man für offenbare Thorheiten halten sollte; aber im Grunde hat er doch ein grosmüthiges Herz. Er ist von Natur gutherzig, ich kan aus ihm machen, was ich will. Sie, Frau Schwiegertochter, sind nicht so gutthätig. Es fehlt sehr viel.

Baronessin. Wie macht mich doch alles so ungeduldig! Wie finster, wie zerstreut und tiefsinnig sieht er aus? Was hat er vor? Mit was für einem wunderlichen Vorsatz gehet er um?

um? Bedenken Sie, Herr Graf, was Sie thun wollen.

Marquiſin. Ja, für die Nanine!

Baroneſſin. Man kann ſie durch Geſchenke befriedigen.

Marquiſin. Das iſt das wenigſte, was wir thun können.

Baroneſſin. Aber ich will ſie nicht wieder ſehen, daß ſie mir nur niemals wieder aufs Schloß komme. Hören Sie.

Graf. Ich verſtehe Sie.

Marquiſin. Was für ein Felſen-Herz!

Baroneſſin. Nehmen Sie ſich ja in acht, daß mein Verdacht nicht ausbreche. Wie? Sie ſtehen noch an?

Graf (nach einem Stillſchweigen.) Nein, ich ſtehe nicht an.

Baroneſſin. Ich erwartete dieſes Zeichen Ihrer Ehrerbietung. Sie ſind es, wie ich glaube, uns allen beyden ſchuldig.

Marquiſin. Solltet ihr wol ſo grauſam ſeyn, mein Sohn?

Baroneſſin. Nun, wozu entſchlieſſen Sie ſich?

Graf. Ich habe meine Entſchlieſſung ſchon gefaßt. Sie kennen mein Herz und meine Aufrichtigkeit. Ich muß reden. Ich hatte

Ihn-

Ihnen meine Hand versprochen; aber wir hatten dieses Band blos aus der Ursache geknüpft, um einen gefährlichen Proceß zu endigen. Ich endige ihn izo, und ich trete Ihnen hiemit ohne einigen Widerwillen und ohne Weitläuftigkeiten mein ganzes Recht und meinen Anspruch auf die streitigen Güter ab. Geniessen Sie fernerhin ruhig alle Einkünfte derselben, sie sind Ihnen geschenkt. Lassen Sie uns wenigstens gute Verwandte seyn, da wir nicht Eheleute seyn können. Lassen Sie uns alles vergessen, und gute Freunde seyn. Muß man sich denn hassen, weil man sich nicht lieben kann?"

Baronessin. Ich vermuthete deine Treulosigkeit. Gehe, Verräther! Ich entsage dir und deinen Geschenken. Ich sehe schon, mit was für einer du dich verheyrathen willst, und wie weit dich deine schändliche Leidenschaft verleitet. Gehorche auf eine edle Art, den niederträchtigsten Gesetzen. Ich überlasse dich deiner unwürdigen Wahl.

(Sie geht ab.)

Siebender Auftritt.

Der Graf. Die Marquiſin. Philip Hombert.

Der Graf.

Nein, ſie iſt nicht unwürdig. Nein, Madam, mich hat keine thörichte Liebe verblendet. So viele Tugenden, die man belohnen muß, rühren mich, und können mich nicht erniedrigen. Was man in dieſem Geiſſe Niedrigkeit nennet, macht ſein Verdienſt und ſeinen Adel aus. Der meinige beſtehet darinn, daß ich es belohne. Bey ſolchen Herzen, die ſich ſelbſt adeln, und ſich durch ihren groſſen Character erheben, muß man die ordentlichen Regeln überſchreiten, und ihre Geburt, die mit ſo vieler Tugend verknüpft iſt, giebt meinem Hauſe nur noch einen Titel mehr.

Marquiſin. Wie? was für einen Titel? Was wollt ihr damit ſagen?

Achter Auftritt.

Der Graf. Die Marquiſin. Nanine, und Philip Hombert.

Der Graf (zu ſeiner Mutter.)

Bloß Ihr Anblick ſollte Sie ſchon davon unter-richten. Mar-

ein Lustspiel.

Marquisin. O, umarme mich, mein liebstes Kind. Sie ist ein wenig schlecht gekleidet, aber was ist sie schön! wie klug sieht sie aus!

Nanine (die dem Philip Hombert in die Arme läuft, nachdem sie der Marquisin ein Compliment gemacht.) Ach die Natur fordert meine erste Pflicht. Mein Vater!

Philip Hombert. O Himmel! O meine Tochter! Ach gnädiger Herr! Sie ersetzen ein Unglück von vierzig Jahren.

Graf. Ja, aber wie soll ich die Beleidigung ersetzen, die einer so seltnen Tugend von mir wiederfahren ist? In welcher Kleidung kommt sie wieder zu uns! Sie ist gar zu geringe, aber sie zieret sie. Nein, es ist nichts, das Nanine nicht zieren sollte. Wohlan, reden Sie, sagen Sie, werden Sie so gütig seyn können, und meine harte Begegnung verzeihen?

Nanine. Wornach fragen Sie mich? Ach ich erstaune, daß Sie daran zweiffeln können, ob mein Herz Ihnen verzeihe. Ich habe nicht glauben können, daß Sie nach so vielen Wohlthaten jemals Unrecht haben könnten.

Graf. Wohlan, wenn Sie diese Beleidigung vergessen haben, so geben Sie mir sogleich das sicherste Merkmal davon. Ich will nur

F 3

nur einmal befehlen, aber schwören Sie, mir zu gehorchen.

Philip Hombert. Es ist ihre Schuldigkeit, und ihre Erkenntlichkeit —

Nanine (zu ihrem Vater.) Er ist von meinem Gehorsam versichert.

Graf. Ich verlasse mich darauf. Ja, ich sage Ihnen, daß Ihre Pflichten noch nicht alle erfüllet sind. Ich habe Sie zu den Knien meiner Mutter gesehen; Ich habe gesehen, daß Sie Ihren Vater umarmet haben: Das, was Ihnen in diesem angenehmen Augenblicke zu thun noch übrig bleibt, ist, daß — Sie vor ihren Augen — Ihren Gemahl umarmen.

Nanine. Ich?

Marquisin. Was für ein Einfall! Ist es möglich?

Philip Hombert. Meine Tochter!

Graf (zu seiner Mutter.) O versagen Sie mir Ihre Einwilligung nicht.

Marquisin. Mein Sohn, die Familie wird einen verdammlichen Lärm darüber machen.

Graf. Wenn sie die Nanine sehen wird, so wird sie meine Wahl billigen.

Philip Hombert. Was für ein Zufall!

Nein,

Nein, ich kann es mir nicht vorstellen, daß Sie sich so weit erniedrigen wollen.

Graf. Man hat mir versprochen, zu gehorchen — Ich bestehe darauf.

Marquisin. Mein Sohn!

Graf. Frau Mutter, es kommt auf meine ganze Glückseligkeit an. Der Eigennuß allein hat hundert Heyrathen gestiftet, und die klügsten Leute sehen auf weiter nichts, als auf die Sitten und auf das Vermögen. Die Sitten hat sie; itzt fehlet nichts, und ich werde das aus Geschmack und Gerechtigkeit thun, was so oft aus Geitz geschehen ist. Frau Mutter, machen Sie Ihrem Widersetzen ein Ende, und willigen Sie darein.

Nanine. Nein, willigen Sie nicht darein. Widersetzen Sie sich seiner Liebe, — und der meinigen. Dieß muß ich noch von Ihnen erhalten. Die Liebe verblendet Ihn, Sie müssen Ihm die Augen öffnen. Ach! lassen Sie mich Ihn weit von hier verehren. Sehen Sie mein Schicksal, sehen Sie meinen Vater, kann ich Sie jemals Mutter nennen?

Marquisin. Ja, du kannst und sollst es thun, ich gebe mich darein. Diesem letzten Streich konnte ich nicht widerstehen. Ich sehe daraus, wie sehr man dich lieben muß. Er ist einzig in seiner Art — so wie du.

Nani-

Nanine, ein Lustspiel.

Nanine. So gehorche ich ihrem Befehle: Der Liebe kann mein Herz nicht widerstehen.

Marquisin. Dieser Tag müsse eine würdige Belohnung der Tugend seyn — aber daß man nur inskünftige sich keine Folge daraus mache.

Ende des dritten und letzten Aufzugs.